한국해양대학교 박물관
해양문화정책연구센터
해양역사문화문고②

옛이야기를 통해 살펴 본

신라와 바다

박종오

지은이 박종오(1972~)
___

1972년 전남 장흥 출생. 목포대학교 국어국문학과를 졸업하고, 전남대
학교 대학원(국어국문학과, 구비문학 전공)에서 석·박사학위를 받았다.
목포대학교 도서문화연구원 연구교수 및 HK연구교수를 역임하였고, 남도
민속학회와 사단법인 전라도지오그래픽 이사로 활동하고 있다. 구비문학
과 민속학을 공부하고 있으며, 목포대학교 문화인류학과와 전남대학교 국
어국문학과에서 강의하고 있다.

주요 논저 : 『홍어』(민속원), 『소금과 새우젓』(민속원), 『Landscape Ecology in
　　　　　　Asian Cultures』(Springer, USA), 『바닷길과 섬』(민속원), 『전남의 민
　　　　　　속』(심미안), 『고전문학과 바다』(민속원) 등 10여 권의 공저가 있다.
　　　　　　그리고 「한국의 귀신설화연구」, 「양택풍수설화연구」, 「송이도의
　　　　　　초분고찰」, 「홍어잡이와 관련된 어로신앙의 변화」, 「죽방렴 관련
　　　　　　의례에 나타난 어로 관념」, 「섬진강의 어살 어로 고찰」, 「서남해
　　　　　　해녀의 어로방식 변화 고찰」 등 30여 편의 논문이 있다.

해양역사문화문고②
옛이야기를 통해 살펴 본 신라와 바다

2019년 3월 20일　초판 인쇄
2019년 3월 25일　초판 발행

지은이 박종오
펴낸이 한신규
편 집 이은영

펴낸곳 글터
　　　서울시 송파구 동남로 11길 19(가락동)
　　　T 070.7613.9110　F 02.443.0212　E geul2013@naver.com
등 록 2013년 4월 12일(제25100-2013-000041호)

ISBN 979-11-88353-10-1　03810　정가 12,000원

2014년 4월 16일은 우리 해양사에서는 결코 잊혀지지 않을 비극의 날로 기록될 것이다. 그러나 이러한 비극적인 일이 바다에서 일어났다고 해서 우리가 바다를 경원시하거나 두려워해서는 안될 것임은 분명하다. 지난 두 세대 동안 우리나라의 해양산업은 조선 세계 1-2위, 해운 세계 6위, 수산 세계 13위권으로 성장하였다. 그러나 해양계에서는 정부와 국민의 해양 인식이 매우 낮다는 사실을 지적하고, 삼면이 바다인 우리나라가 한 단계 도약하기 위해서는 바다를 적극적으로 이용하고 개척해야만 한다고 주장해 왔다. 이런 상황에서 발생한 '세월호' 사고는 우리 국민들의 배와 바다에 대한 인식을 기존 보다 더 악화시켜 버린 결정적인 계기가 될 것임은 자명하다.

그러나 우리가 배와 바다를 멀리 하려해도 부존자원이 적고, 자체 내수 시장이 작은 우리의 현실에서는 배를 통해 원자재를 수입해서 완제품을 만들어 해외로 수출하지 않으면 안되는 경제구조를 갖고 있다. 그러한 까닭에 우리는 단순히 배와 바다를 교통로로 이용하는 데 그칠 것이 아니라, 배와 바다를 연구하고, 도전하고, 이용하고, 투자하여 미래의 성장 동력이자 우리의 삶의 터전으로 삼지 않으면 안된다. 이러한 사실을 기성세대에게 인식시키는 데는 많은 노력을 기울여야 하는 데 반해, 그 효과를 기대하기는 어렵다. 따라서 우리의 미래를 짊어질 다음 세대들에게 바다의 역사와 문화, 배와 항해, 해양 위인의 삶과 역사적 의미 등을 가르쳐 배와 바다를 아끼고, 좋아하고, 도전하고, 연구하는 대상으로서 자기 삶의 일부로 친근하게 느낄 수 있도록 교육하는 일이 무엇보다 중요하다. 왜냐하면 우리의 미래를 이끌고 갈 주인공이 청소년들이기 때문이다.

다른 분야와 마찬가지로 우리의 청소년들이 지식과 사고력을 기르는 기본 도구인 교과서에 해양 관련 기사가 매우 적다는 것은 익히 알려진 일이다. 그나마 교과서에 포함된 장보고, 이순신, 윤선도, 삼별초 등의 해양관련 기사도 교과서의 특성상 한 쪽 이상을 넘어가기는 매우 어렵다. 이러한 두 가지 점에 착안하여 우리의 미래를 이끌어갈 청소년들에게 교과서에서 미처 배우지 못한 배와 항해, 해양문학, 해양역사, 해양위인, 해양문학과 관련된 내용을 배울 수 있는 부교재로 활용되었으면 하는 바람에서 해양역사문화문고를 간행하게 되었다. 중고교의 국어, 국사, 사회 등 교과서에 실린 바다 관련 기사의 내용을 보완하는 부교재로 널리 활용되고, 일반인들이 바다의 역사와 문화의 중요성을 재인식하는 데 도움이 되었으면 하는 마음 간절하다.

이 문고가 간행되는 데 재정 지원을 해주신 트라이엑스(주)의 정헌도 사장님과, 도서출판 문현의 한신규 사장님과 편집부 직원들에게 감사의 말씀을 전한다.

2019년 초

김 성 준

사람들은 자신에게 일어난 중요한 일이나 사건 등을 잊지 않기 위해 '기록'하거나 '기억'을 한다. 기록은 문헌 등을 통해 전승되는 기록자의 생각을 말하며, 기억은 이야기를 통해 전해지는 구술자의 생각을 말한다. 이는 역사의 경우도 마찬가지이다. 역사도 기록되는 역사가 있고 기억되는 역사가 있다. 일반적으로 기억되는 역사 보다는 기록된 역사가 더 큰 신뢰성을 갖는다. 하지만, 글을 갖지 못한 민중들은 이야기라는 기억을 통해 역사를 기록하였다. 이러한 점에서 흔히 '옛날이야기'라고 부르는 설화는 민중의 '기억되어 말해지는 역사'라고 할 수 있다. 말해지는 역사란 기억된 역사이기도 하며, 민간 속에 민중의 지식으로 구비전승되는 속성을 지닌다.

『삼국사기(三國史記)』와 『삼국유사(三國遺事)』는 고대 우리나라 역사를 기록하고 있는 대표적인 사서(史書)이다. 『삼국사기』는 1145년(인종 23) 경에 김부식(金富軾) 등이 고려 인종의 명을 받아 편찬한 것으로 국가에서 공식적으로 만든 역사책이다.

때문에 정치적인 입장이 반영되어 있으며, 유교적인 입장에서 글을 썼기 때문에 '예가 아니면 말하지 말라(非禮勿言)'는 공자님의 가르침에 따라 신화나 전설은 기록에서 제외시켰다. 반면에 『삼국유사』는 1281년(충렬왕 7) 경에 승려 일연(一然)이 편찬한 사서이다. 일연이 개인적으로 쓴 것이기 때문에 단군 신화나 불교 관련 내용 등 『삼국사기』에서 싣지 않거나 소홀히 넘어간 부분에 대해서 기록을 해 놓았다. 『삼국유사』는 민중들의 말해지는 역사를 글로 기록한 셈이다. 따라서 이 글은 『삼국유사』에 나오는 설화를 『삼국사기』의 기록과 비교하여 살펴보고자 하였다.

그런데, 전승집단의 의취(意趣)에 따라 상징적 유형화가 이루어진 구비문학을 기록했기 때문에 『삼국유사』는 매우 복잡한 글쓰기를 하고 있다. 겉으로 나타나거나 눈에 보이지 않는, 이면(裏面)에 숨겨져 있는 의미를 올바로 파악해 내기가 쉽지 않다는 말이다. 따라서 『삼국유사』에 있는 설화를 이해하기 위해서는 먼저 이야기를 공유하던 민중들의 입장이 되어야만 한다. 그렇지만 그것도 녹록(碌碌)한 작업은 아니다. 오랜 시간이 지났고, 많은 시대가 많이 바뀌었기 때문이다. 결국 관련 기록들을 상호 비교해 보고, 당시의 시대적 상황 등을 고려해 전반적으로 살펴보아야만 한다. 그래야 전체를 온전히 이해하지 못하더라도 부분적으로는 어느 정도 이해할 수 있기 때문이다.

이 글은 『삼국유사』에 있는 설화 중에서 '신라'와 관련이 있는
것, 그리고 '바다'와 관계된 것을 살펴보고 있다. 삼국 중에서
'신라'를 선택한 것은 기록이 가장 많고, 『삼국사기』의 내용과
비교가 용이하기 때문이다. 그리고 '바다'를 주요 내용으로 삼
은 것은 바다의 중요성이 날로 강조되어가고 있기 때문이다.
지난 시기 섬과 바다는 '가난', '거침', '버림' 등의 이미지가 강했
다. 국가가 관리하기 힘들고, 고기잡이가 경제적으로 큰 도움
이 되지 못했기 때문이다. 그러나 오늘날 섬과 바다는 '식량',
'휴양', '활용' 등으로 이야기된다. 미래 먹거리 자원과 해양 영
토, 그리고 삶의 여유로움 등이 복합적으로 작용하여 그 가치
를 상승시키고 있는 것이다.

그런데, 바다에 관한 기대와 관심이 높았던 것은 오늘날의 일
만은 아니다. 고대부터 우리는 끊임없이 바다와 관계 맺고, 바
다를 활용하고 있었다. 배를 이용해 서남해를 공략, 고려를 창
건한 왕건(王建)이 그랬고, 임진왜란 때 경상 · 전라 · 충청도의
수군(水軍)을 통솔하여 바다를 지켰던 이순신(李舜臣)이 그랬다.
희생과 고난으로 독도를 지키고자 했던 안용복(安龍福)이 그러
했고, 조선시대 한강과 그 연안 일대에서 각종 상업 활동을 하
던 경강상인(京江商人) 또한 그러했다. 따라서 본 글은 고대로부
터 우리민족이 바다와 밀접한 관계를 맺어 왔음을 삼국시대의
설화를 통해 살펴보고자 한 것이다.

필자는 구비문학을 공부하고 있지만, 설화 내면의 의미까지를 파악하기에는 아직 내공이 부족하다. 더군다나 역사를 연구하는 사람이 아니기에 『삼국유사』에 있는 설화를 당시의 시대 상황에 맞춰 해석한다는 것은 너무나 어려운 일이다. 그러함에도 기존에 이루어진 다른 연구자들의 관련 글들을 보면서 필자 나름대로의 생각을 정리하고자 하였다. 그렇기 때문에 일면 수긍되는 부분도 있고, 쉬이 수긍하기 힘든 부분도 있을 것이다. 해석한 부분이 수긍하기 어렵다면 이는 필자의 부족함 때문이다. 『삼국유사』에 기록된 설화 중에서 신라를 배경으로 한 바다 관련 이야기는 몇 편 되지 않는다. 때문에 필자가 선택한 설화의 이야기거리는 기존에 진행된 연구들과 상당 부분 겹친다. 이 또한 필자의 부족함 때문이다. 다만, 이 책을 읽는 독자가 '예로부터 바다는 우리 민족의 삶과 밀접한 관련을 맺고 있었다.'는 사실 하나만 알게 된다면 더 바랄 것이 없겠다.

2018년 겨울
박종오

목차

간행사 / 3

책머리에 / 6

1. 이주민이 이룬 신라 드림(Dream) - 석탈해 · 12

2. 바다 건너 일본으로 간 문화 영웅 - 연오랑과 세오녀 · 28

3. 나무 사자로 병합한 우산국[울릉도] - 이사부 · 40

4. 용이 되어 동해를 지킨 왕 - 문무왕 · 54

5. 세상의 파도를 잠재우는 동해의 보물 - 만파식적 · 69

6. 동아시아 바다를 지배한 비극적 영웅 - 장보고 · 83

7. 신의 메시지를 전한 동해 용왕이 아들 - 처용 · 101

8. 용왕을 구한 활쏘기의 명수 - 거타지 · 116

9. 육두품의 못 이룬 신라 드림(Dream) - 최치원 · 133

1 이주민이 이룬 신라 드림(Dream)
- 석탈해

탈해이사금(脫解尼師今)이 즉위했다.[토해(吐解)라고도 한
다.] 당시 나이가 62세였다. 성(姓)은 석(昔)이고 비는 아효
부인(阿孝夫人)이었다. 탈해는 본래 다파나국(多婆那國)에서
태어났다. 그 나라는 왜국의 동북쪽 1천 리 되는 곳에 있
었다. 처음에 그 나라 왕이 여국왕(女國王)의 딸을 맞이해 처
로 삼았는데 임신한 지 7년 만에 큰 알을 낳았다. 왕은

"사람으로서 알을 낳은 것은 상서롭지 못하다. 마땅히
이를 버려야 한다."라고 말했다.

그 여자가 차마 그렇게 하지 못하고 비단으로 알을 싸
서 보물과 함께 함에 넣고 바다에 띄워 가는 대로 맡겼다.
처음에 금관국(金官國)의 해변에 이르렀는데 금관 사람들은
이를 괴이하게 여겨 거두지 않았다. 다시 진한(辰韓)의 아진
포구(阿珍浦口)에 이르렀는데, 이때가 시조 혁거세가 즉위한
지 39년 되는 해였다.

이때 해변의 노모가 줄을 가지고 해안으로 당겨 함을 열어 살펴보니 한 어린아이가 있었다. 그 할미가 거두어 길렀는데, 장성하자 신장은 9척이고 풍채가 훤하며 지식이 남보다 뛰어났다. 어떤 이가 말했다.

"이 아이의 성씨를 알 수 없는데 처음에 함이 도착했을 때, 까치 한 마리가 날아 울면서 이를 따랐으니 마땅히 '작(鵲)'자에서 줄여 석(昔)으로 씨(氏)를 삼아야 한다. 그리고 둘러싼 함을 열고 나왔으니 탈해(脫解)로 이름을 지어야 한다."

탈해는 처음에 고기잡이로 생업을 삼아 어미를 공양했는데 게으른 기색이 전혀 없었다. 어미가 말했다.

"너는 범상한 사람이 아니고 골상(骨相)이 특이하니 배움에 정진해 공명(功名)을 세워라." 이에 오로지 학문에 정진하고 아울러 지리(地理)를 알았다. 양산(楊山) 아래 호공(瓠公)의 집을 바라보고 길지라고 여겨 속임수를 내어 차지하고 이곳에 살았다.

이곳은 뒤에 월성(月城)이 되었다. 남해왕 5년에 그가 어질다고 듣고 [왕은] 딸을 그의 처로 삼았다. 7년에는 등용해 대보(大輔)로 삼고 정사(政事)를 맡겼다. 유리(儒理)가 세상을 떠나려 할 때 말했다.

"선왕께서 유언해 '내가 죽은 뒤 아들과 사위를 따지지 말고 나이가 많고 어진 자로 위(位)를 잇게 하라.'고 하셨기 때문에 과인이 먼저 즉위했다. 지금은 마땅히 [탈해에게] 위를 전해야 한다."

- 『삼국사기』, 신라본기(新羅本紀), 탈해이사금(脫解尼師今)

이때 갑자기 완하국(琓夏國) 함달왕(含達王)의 부인(夫人)이 임신을 하여 달이 차서 알을 낳았고, 그 알이 화하여 사람이 되어 이름을 탈해(脫解)라고 하였다. 이 탈해가 바다를 따라 가락국에 왔다. 키가 3척이고 머리 둘레가 1척이었다. 기꺼이 대궐로 나가서 왕에게 말하기를, "나는 왕의 자리를 빼앗고자 왔다"

라고 하니 왕이 대답하였다.

"하늘이 나에게 명해서 왕위에 오르게 한 것은 장차 나라를 안정시키고 백성들을 편안하게 하려 함이니, 감히 하늘의 명을 어기고 왕위를 남에게 줄 수도 없고, 또한 우리나라와 백성을 너에게 맡길 수도 없다."

탈해가 말하기를

"그러면 술법(術法)으로 겨루어 보겠는가"

라고 하니 왕이 좋다고 하였다.

잠깐 사이에 탈해가 변해서 매가 되니 왕은 변해서 독수리가 되었고, 또 탈해가 변해서 참새가 되니 왕은 변해서 새매가 되었다. 이때에 조금도 시간이 걸리지 않았다. 탈해가 원래 모습으로 돌아오자 왕도 역시 전 모양이 되었다.

탈해가 이에 엎드려 항복하고 말하기를

"내가 술법을 겨루는 곳에서 매가 독수리에게, 참새가 새매에게 잡히기를 면하였는데, 이는 대개 성인(聖人)이 죽이기를 미워하는 어진 마음을 가져서 그러한 것입니다. 내가 왕과 더불어 왕위를 다툼은 진실로 어렵습니다."

곧 왕에게 절을 하고 하직하고 나가서 이웃 교외의 나루에 이르러 중국에서 온 배가 와서 정박하는 수로(水路)로 해서 갔다. 왕은 마음속으로 머물러 있으면서 난을 꾀할까 염려하여 급히 수군(水軍) 500척을 보내서 쫓게 하니 탈해가 계림(鷄林)의 국경으로 달아나므로 수군은 모두 돌아왔다. 여기에 실린 기사(記事)는 신라의 것과는 많이 다르다.

－『삼국유사』, 기이 제2(紀異第二), 가락국기(駕洛國記)

말을 끝내자 그 아이는 지팡이를 끌며 두 종을 데리고 토함산 위에 올라가 돌집을 지어 칠일 동안 머물렀다. 성 안에 살만한 곳을 살펴보니 마치 초승달[三日月] 모양으로 된 봉우리가 하나 보이는데 지세가 오래 머물만한 땅이었다. 이내 내려와 그 곳을 찾으니 바로 호공(瓠公)의 집이었

15

다. 이에 지략을 써서 몰래 숫돌과 숯을 그 집 곁에 묻어놓고 [다음날] 새벽 아침에 문 앞에 가서 "이 집은 조상 때부터 우리 집입니다."라고 말했다. 호공이 "그렇지 않다." 하여 서로 다투었으나 시비를 가리지 못하였다. 이에 관가에 고하자 관가에서 묻기를 "그 집이 너의 집임을 무엇으로 증명하겠느냐?" 하자 [동자가] "우리는 본래 대장장이였는데 얼마 전 이웃 고을에 간 사이에 그 집을 다른 사람이 빼앗아 살고 있으니 청컨대 땅을 파서 조사하게 해 주십시오." 하였다. [동자의 말대로] 따르니 과연 숫돌과 숯이 나왔으므로 이에 그 집을 취하여 살게 하였다.

– 『삼국유사』, 기이 제1(紀異第 一), 제4(第四) 탈해왕(脫解王)

탈해이사금

신라 제4대 왕 탈해이사금(脫解尼師今, 재위 : 57~80)은 석(昔)씨의 시조(始祖)이자 석(昔)씨로는 처음으로 신라에서 왕이 된 사람이다.

신라는 박, 석, 김의 세 씨족이 통치한 왕조이다. 이 세 성씨의 왕의 계승은 박씨에서 석씨로, 그리고 석씨에서 김씨로 넘어가는 양상을 보여준다. 그러다가 제17대 내물마립간 때부터는 김씨 세습이 이루어진다.

박씨 왕위 계승을 살펴보면 제1대 혁거세거서간 → 제2대

남해차차웅 → 제3대 유리이사금 → 제5대 파사이사금 → 제6대 지마이사금 → 제7대 일성이사금 → 제8대 아달라이사금이다.

석씨 왕의 계승은 제4대 탈해이사금 → 제9대 벌휴이사금 → 제10대 내해이사금 → 제11대 조분이사금 → 제12대 첨해이사금 → 제14대 유례이사금 → 제15대 기림이사금 → 제16대 흘해이사금이다.

김씨 왕위 계승은 김알지 → 구도갈문왕(김알지 5대손) → 제13대 미추이사금 → 제17대 내물마립간 → 제18대 실성마립간 → 제19대 눌지마립간 → 제20대 자비마립간 → 제21대 소지마립간이다.

이렇게 본다면 실제 신라를 고대 국가의 단계로 끌어올린 씨족은 김씨 세력이라 할 수 있다. 그런데 우리가 제4대 탈해이사금에게 주목해야 하는 이유는 그가 다른 나라 출신으로 바다를 건너와 신라의 원주민을 정복하고 왕권을 차지했기 때문이다.

탈해가 바다를 건너온 이주민이라면 과연 그들은 어디에서 왔을까? 탈해의 출신지로는 『삼국유사』권1, 왕력에는 '완하국(琓夏國)'·'화하국(花夏國)'으로 되어 있다. 또한 『삼국유사』권1, 기2, 제사탈해왕에는 '용성국(龍城國)'·'정명국(正明國)'·'완하국(琓夏國)'·'화하국(花厦國)' 등으로 기록되어 있다. 『삼국사기』에 '용성국'을 '다파나국'이라 했으며, '일본 동북 1천리에 있다.'고

하였고, 『삼국유사』도 이 기록을 받아 주석에 달았다. 일부 중복을 감안하더라도 그 출신지가 상당히 다양하게 이야기되고 있음을 알 수 있다. 아울러 그의 어머니 또한 여국왕의 딸 또는 적녀국 왕의 딸이라고 기록하고 있다. 탈해이사금은 복잡한 출생의 비밀을 간직한 사람이라고 할 수 있다.

탈해이사금은 왕위에 오른 지 24년만인 80세에 세상을 떠난다. 『삼국유사』에 "그 두개골의 둘레는 3척 2촌이고 몸 뼈의 길이는 9척 7촌이나 되었다. 치아는 서로 붙어 마치 하나가 된 듯하고 뼈마디 사이는 모두 이어져 있었다. 이는 소위 천하에 당할 자 없는 역사의 골격이었다.(其髑髏周三尺二寸 身骨長九尺七寸. 齒凝如一骨節皆連瑣 所謂天下無敵力士之骨)"는 기록이 있다. 탈해가 살았던 때는 중국의 한대(漢代)에 해당하는데, 그 당시 1척은 대략 23cm 정도 된다. 대충 환산해 보면 탈해의 머리둘레는 약 73cm, 키는 223cm 정도 된다. 이는 당시나 지금이나 엄청난 거구이다. 기록이 사실이라면 탈해이사금은 보기 드문 체구를 지닌 인물이었음을 유추해 볼 수 있다.

바닷길로 경주에 들어오다

경상북도 경주시 양남면에는 월성 원자력 발전소가 있고, 발전소 입구에는 너른 공원이 만들어져 있다. 공원 한구석에는 작은 기와집이 한 채 있는데, 탈해왕이 바다를 건너 도착한 곳임을 기념한 '석탈해왕탄강유허(昔脫解王誕降遺墟)'이다.

석탈해왕이 도착했다는 '계림의 동쪽 하서지촌(下西知村) 아진포'를 지금의 경상북도 경주시 양남면 나아리(羅兒里)로 비정하여 조선 헌종 11년(1845)에 하마비(下馬碑)와 땅을 하사하였으므로 고종 초에 석씨문중에서 유허비와 비각을 건립하였다.

탈해왕이 이른 곳에 대해서는 『삼국사기』에 '진한(辰韓) 아진포구(阿珍浦口)', 『삼국유사』에 '계림동 하서지촌(下西知村) 아진포'라 전한다. 『동국여지승람(東國輿地勝覽)』에도 '아진포'라 적었으니, 세 권의 책이 전하는 지명은 모두 같다. 때문에 조선 헌종 때부터 이미 '아진포'를 '나아리'라고 비정한 것이다.

그런데 탈해는 경주에 들어오기 전 김해지역에 상륙을 시도하였다. 바로 수로왕과의 변신 대결이 그것이다. 그러나 강력한 왕권을 가진 김수로왕에게 패하고 쫓겨난다. 김해에서 쫓겨난 탈해는 아진포구에 다다르게 된다. 이곳에서 한 노모(老母)에게 발견되어 양육된다. 즉 탈해로 대표되는 이주 집단이 바다를 건너와 처음 정착한 곳이 경주 동부해변임을 유추해볼 수 있다.

경주에 도착한 탈해는 이 지역의 토착세력인 호공집단을 제압하는데, 수로왕 때와는 달리 무력이 아닌 꾀를 쓴다. 이른바 트릭스터(trickster)의 모습을 보이고 있다. 트릭스터는 마술사처럼 트릭(trick)을 부리는 사람을 뜻한다. 트릭스터는 남을 속이기 위해 재주를 부리는데, 신화(神話) 속에서는 단순한 장난꾸러기가 아니라, 인류에게 중요한 생활수단(재배식물이나 불 등)을 가져다주는 문화영웅(文化英雄)인 경우가 많다.

탈해는 호공의 집에 숫돌과 숯을 몰래 묻어놓고 자신의 연고권을 주장한다. 이를 통해 경주지역을 차지하게 되고 나아가 남해왕의 딸과 결혼까지 하게 된다. 탈해로 대표되는 이주민 세력이 신라의 도움으로 다시 재기하게 되는 모습을 생각해 볼 수 있는 대목이다.

『삼국사기』에 의하면 경주에 도착한 탈해는 처음에 고기를 낚는 것으로 일을 삼아서 늙은 어머니를 봉양한 것으로 되어 있다. 그러나 늙은 어미가 "너는 평범한 사람이 아니며 골상이 매우 특이하니, 마땅히 학문에 종사하여 공명을 세우라."라고 하였고, 이에 학문에 정진한 것으로 되어 있다. 여기에서 고기잡이는 단순히 고기를 잡는 직업 이외에 어업과 해상 운송을 기반으로 한 세력을 의미하고 있음을 유추할 수 있다. 탈해가 먼 바다를 건너왔다는 것은 일정 수준에 이른 항해술과 선박을 갖췄다는 방증이기 때문이다.

어업을 기반으로 성장한 세력

석탈해로 대표되는 집단은 어업을 기반으로 성장한 세력이다. 이는 탈해가 바닷길을 거쳐 신라로 들어왔다는 점에서 이미 어느 정도 예견해 볼 수 있다. 고대에는 주로 해안선을 따라 운항하였지만, 원거리 항해는 기본적으로 일정한 수준 이상의 배와 항해술이 갖추어졌을 때 가능한 것이다. 생명의 위험을 무릅쓰고 위험천만한 바다를 건너 왔으니 어업을 위주로 삶을 살아가는 해안가 사람들은 탈해가 위대한 인물로 보일 수밖에 없었을 것이다.

처음에 고기를 잡아 삶을 꾸려가던 탈해는 일정 정도 시간이 지나자 세력을 확장 중앙으로 진출하는 교두보를 마련하게 된다. 바로 자신을 거두어 기른 늙은 어미가 있었기에 가능한 것이었다. 『삼국사기』에서 말하는 늙은 어머니를 『삼국유사』에서는 '아진의선(阿珍義先)'이라 하면서 '혁거세왕의 고기잡이 어미'라고 기록하고 있다. '아진의선'은 '아진포에 사는 의선'이라고도 해석할 수도 있는데, 문제는 '혁거세 왕의 고기잡이 어미'라고 한 점이다. 원문에는 '고기잡이 어미'를 '해척지모(海尺之母)'라 쓰고 있다. 노래하는 사람은 '가척(歌尺)', 춤추는 사람은 '무척(舞尺)'이라고 한 것처럼 '해척'은 '고기잡이를 업으로 하는 사람'을 뜻한다.

그런데 해척을 단순히 고기잡이를 하는 사람으로만 해석하기에는 뭔가 부족한 부분이 있다. 더군다나 '혁거세왕'의 고기잡이 어미라는 말도 이상하다. 영남 내륙지역에서 동해안으로 나가려면 경주를 거쳐서 감포, 울산, 포항 방면으로 나갈 수 있다. 따라서 경주는 내륙에 있지만 바다에 밀접하게 관련되어 있는 도시이다. 이 바다와 관련된 업무를 관장하는 벼슬로 파진찬(波珍湌)이라는 것이 있다. 신라의 17관등 중에서 4등에 해당하는 관등이며, 해간(海干) 혹은 파미간(破彌干)이라고도 한다. 탈해왕이 금관가야와의 전투에서 공을 세운 길문(昔門)에게 파진찬을 제수했다는 것이 최초의 기록이다.

해척(海尺)의 의미를 해간(海干) 혹은 해찬(海湌), 즉 파진찬(波珍湌)으로 보아 아진의선을 아진포를 관장하는 인물로 본 견해가 있다. 또한 무당을 뜻하는 단어 중에 '수척(水尺)'이 있음을 들어 해척이라는 단어를 '수척'과 '해간'을 묶은 단어로 보는 견해도 있다. 이에 따르면 해척은 사제의 임무를 맡은 고위급의 여성을 뜻하게 된다.

어찌 되었든 간에 바다, 어업, 해상 운송 등과 관련된 세력이 탈해 집단을 도와주고 있었음은 확실해 보인다.

철기문화를 소유한 세력

탈해 집단은 야장(冶匠)으로서의 성격을 지닌 세력이었다. 이는 경주에 들어와 거짓 계략을 써서 호공의 집을 빼앗을 때 그의 선조가 대장장이라고 주장했다는 점을 그 근거로 들 수 있다.

탈해는 경주에 도착한 후 토함산에서 지세를 살펴보고, 오래 살 만한 땅을 찾아냈다. 그곳은 호공(瓠公)의 집이었다. 탈해는 꾀를 써서 그 집을 빼앗았는데, 『삼국유사』에 그 구체적인 모습이 묘사되어 있다.

탈해가 호공의 집을 빼앗은 행위는 오늘날 입장에서 보면 엄연한 사기이다. 그렇지만 지혜 겨루기를 통해 얻은 승리라는 점은 부인할 수 없다. 고대 영웅들이 상대를 이기기 위해서 속임수를 쓰는 일은 흔히 볼 수 있는 것이다.

그런데 여기서 주의 깊게 살펴보아야 할 것은 그가 호공의 집을 빼앗기 위해 숫돌과 숯을 몰래 묻고 선조가 대장장이였다는 것을 주장하고 있다는 점이다. 물론 이 부분은 좀 더 고민해볼 필요가 있다. 수로왕이 탈해를 추격하기 위해 500여 척의 수군을 동원할 정도였음을 감안할 때 남의 집 한 채를 뺏기 위해 숫돌과 숯을 묻어두었다는 점은 선뜻 이해하기 힘들다. 그러나 이미 수로와의 힘 대결에서 패한 적이 있는 탈해로서는 힘으로 상대방과 붙는다는 것이 얼마나 위험한 것인가를 경험으로 알고 있었을 것이다. 때문에 단순한 군사적 힘이 아닌 문화적 힘으로 제압할 수 있는 방안을 찾아 호공의 세력을 제압한 것이다.

이와 관련해 탈해의 성씨인 석씨에 관한 부분도 함께 고민해볼 필요가 있다. 설화에서는 까치를 개입시켜 성씨를 석씨로 했다고 하지만, 이는 후대 한자문화가 널리 보급된 후의 이야기일 가능성이 많다. '석'의 고어가 '시'였다고 추측하여 쇠붙이를 다루는 집단의 성격을 성씨에 반영하였다고도 하고, 탈해의 우리말을 '돌히'라고 추정한 다음 그 뜻을 '잘장이', 혹은 '대장장이'로 풀이하기도 한다.

어찌되었든 호공의 집자리 빼앗기는 탈해 집단이 자신들이 가지고 있는 철기문화에 대한 능력을 드러낸 것이고, 이를 바탕으로 중앙세력으로 진출하는 교두보를 마련한 계기가 되었다는 점은 분명하다.

신라 드림(dream)을 실현하다

『삼국사기』에는 왕이 죽어 "성 북쪽의 양정(壤井) 언덕"에 장사지낸 것으로 되어 있다. 『삼국유사』에는 "소천구(疏川丘) 속에 장사지냈다." 하였고, 같은 책 왕력편(王曆篇)에는 "미소소정구(未召疏井丘)에 수장(水葬)하고 그 뼈로 소상을 만들어 동악(東岳)에 봉안 했으니 지금의 동악대왕"이라고 기록하고 있다. 바다를 건너온 이주민이 왕이 되었고, 죽은 후에는 토암산의 산신으로 좌정한 것이다. 토암산은 동악이다. 동악은 바다를 바라보고 서 있는 산이다. 그러기 때문에 바다를 건너온 이주민이 신이 되어 좌정하기에는 더 없이 좋은 곳이다.

탈해는 무척 큰 체구를 가진 인물로 묘사된다. 두개골의 둘레는 3척 2촌이고 몸 뼈의 길이는 9척 7촌이나 되었다고 한다.

그런데 이렇게 엄청난 거구가 힘뿐만 아니라 머리까지 사용할 줄 알았다. 수로왕과의 전쟁에서 패한 후 호공의 집을 차지하는 일련의 과정에서 힘과 머리를 함께 사용하는 진정한 영웅으로 거듭난 것이다.

석탈해는 바다를 건너 신라로 이주해온 이주민으로 신라 제4대 왕이 되었다. 석씨(昔氏)로서는 최초로 왕위에 오른 인물이다. 선진 철기문화를 배경으로 동해 일대에서 어업·해상 세력을 장악한 후 박씨 세력과의 연합을 통해서 왕위에 올랐고, 후에는 알지로 대표되는 김씨 세력과의 제휴에도 힘썼다. 죽은 후에는 동해 바다가 보이는 토암산의 산신으로 좌정한다. 버려진 인간이 왕이 되었다가 결국은 신(神)이 된 것이다. 바다를 건너온 이주민의 신라 드림(dream)은 그렇게 완성되었다.

〈경주 탈해왕릉(慶州 脫解王陵)〉

경상북도 경주시 동천동에 있는 탈해이사금의 능. 무덤은 둥근 봉토분으로서 아무런 시설과 표식물이 없는 가장 단순한 형태이다.(사진 출처 : 문화재청)

〈석탈해왕탄강유허(昔脫解王誕降遺墟)〉

경북 경주시 양남면 나아리에 있는 유적. 석탈해가 신라에 처음 출현한 곳이라고 비정하여 1845년에 석씨 문중에서 조선 조정의 지원을 받아 건립한 곳이다. (사진 출처 : 문화재청)

〈숭신전(崇信殿)〉

경상북도 경주시 동천동에 있는 탈해왕의 제전(祭殿). 1906년부터는
신라의 3성 시조 임금(박, 석, 김)을 같이 모셨고 이때부터 '숭신전'
이라고 불렀다.(사진 출처 : 경주시청)

2 바다 건너 일본으로 간 문화 영웅
- 연오랑과 세오녀

　제8대 아달라왕(阿達羅王)이 즉위한 4년 정유(丁酉)에 동해의 바닷가에 연오랑과 세오녀라는 부부가 살고 있었다. 어느 날 연오가 바닷가에 나가 해초를 따고 있었는데, 갑자기 바위 하나가 [물고기 한 마리라고도 한다] 연오를 태우고 일본으로 가 버렸다.

　일본국 사람들이 연오를 보고

　"이는 범상한 인물이 아니다."

　하고 이에 옹립하여 왕으로 삼았다 [『일본제기(日本帝記)』를 보면 전후시기에 신라인을 왕으로 삼은 적이 없다. 이것은 변방 읍의 소왕이고 진짜 왕이 아닐 듯하다.]

　세오는 남편이 돌아오지 않음을 괴이 여겨 가서 찾다가 남편이 벗어놓은 신이 있음을 보고 역시 그 바위에 올라가니 바위는 다시 그 전처럼 세오를 태우고 [일본으로] 갔다. 그 나라 사람들이 이를 보고 놀라면서 왕에게 나아가 아뢰니 부부가 다시 서로 만나고 [세오는] 귀비(貴妃)가 되었다.

이때 신라에서는 해와 달이 광채를 잃었다. 일관(日官)이 나아가 아뢰기를,

"해와 달의 정기가 우리나라에 있었는데 지금 일본으로 가버렸기 때문에 이러한 괴변이 일어난 것입니다."

하였다.

왕이 일본에 사신을 보내어 두 사람을 찾으니 연오가 말하기를

"내가 이 나라에 온 것은 하늘이 시킨 일입니다. 지금 어찌 돌아갈 수 있겠소. 그러므로 나의 비(妃)가 짠 고운 명주가 있으니 이것을 가지고 하늘에 제사를 지내면 될 것입니다."

하면서 이에 그 비단을 주었다. 사신이 돌아와서 아뢰자, 그 말대로 제사를 지낸 이후에 해와 달이 그 전과 같이 되었다. 그 비단을 왕의 창고에 잘 간직하여 국보로 삼고 그 창고를 귀비고(貴妃庫)라 하였다. 또 하늘에 제사를 지낸 곳을 영일현(迎日縣) 또는 도기야(都祈野)라 하였다.

－『삼국유사』, 기이 제1(紀異第一), 연오랑세오녀(延烏郎細烏女)

연오랑과 세오녀

『삼국유사』에 기록되어 있는 '연오랑 세오녀' 이야기는 영일

지역에 살던 연오(延烏)와 세오(細烏) 부부가 일본으로 건너가게 되자 해와 달이 빛을 잃었다가 세오의 비단으로 제사를 지내자 다시 빛을 회복하게 되었다는 내용의 것이다. 본래 이 이야기는 「수이전(殊異傳)」에 전하던 것으로, 시기는 신라 제8대 왕인 아달라왕(阿達羅王, 재위 154~184) 때이다.

부부의 이름이 무엇을 의미하는지는 정확하게 말하기 어렵다. 다만 까마귀 오(烏) 자를 쓴 것으로 보아 까마귀를 당시에는 길조(吉鳥)로 받아들이고 있음을 확인할 수 있다. 이는 고구려 벽화에 등장하는 세 발 달린 까마귀를 봐도 알 수 있다. 벽화에는 태양 속에 삼족오(三足烏)가 들어있는데, 이때 '오'는 태양을 의미한지도 모른다. 이는 연오랑과 세오녀가 일본으로 가면서 해와 달의 정기가 사라졌다는 설화에서도 유추할 수 있다.

연오랑이 바닷가에서 해초를 채취하였다는 기록이 보이는데, 언뜻 보면 평범한 바닷가의 어부 부부처럼 보인다. 그런데 이들이 후에 맞이하는 상황을 보면 평범한 사람들이 아니다. 자신들의 연고지였던 동해를 떠나 바위 혹은 고기를 타고 일본으로 건너가게 된다. 이에 신라에서는 해와 달이 빛을 잃어버리는 변괴가 생긴다. 평범한 부부라면 불가능한 설정이다. 그럼 이들 부부는 어떤 사람들일까?

바닷가에서 해초를 채취하였다는 점을 볼 때 이들은 바닷가에서 해산물 채취나 고기잡이를 행하는 해상세력이었을 가능성이 높다. 다만, 연오랑과 세오녀는 평범한 어민이 아닌 이들의 지배세력으로 보인다. 이러한 점은 다음 이야기에서도 확인된다. 바로 연오랑이 바위 혹은 고기를 타고 일본으로 건너간 점이다. 세오녀도 동일한 방법으로 일본으로 건너간다. 바위 혹은 고기가 바다를 건널 수 있는 도구 즉, 배라고 한다면 적어도 연오랑과 세오녀는 해협을 건널 수 있는 항해술을 갖추고 있는 집단에 속한 사람들임을 알 수 있다. 이들이 일본으로 건너가자 신라에서 해와 달이 빛을 잃었다는 점은 연오랑과 세오녀가 속해 있는 집단의 정치적, 경제적 가치를 설명하는 것이라고 할 때 이들 부부는 동해안 일대 해상세력의 지배자임을 미뤄 짐작해 볼 수 있다.

바다를 건너 일본으로

연오랑이 일본으로 가게 된 자세한 경위는 나타나 있지 않다. 다만, 갑자기 나타난 바위가 데리고 가버린 것으로 기술되어 있다. 이를 두고 연오랑는 "하늘이 내게 시킨 일"이라고 하였다. 자신이 벗어놓은 신발도 제대로 신지 못하고, 아내에게 자신의 이야기도 전하지 못한 채 급하게 떠나야 했던 이유치곤 뭔가가 이상하다.

아달라왕대의 영일지역은 정치적으로 민감한 상황에 처해 있었다. 이는 신라의 성장과 관계가 깊다. 경주의 작은 소국으로 출발한 신라는 이미 제5대 파사왕대(婆娑王, 재위 80~112)부터 주변 소국들을 정복하기 시작했다. 파사왕은 101년에 월성(月城)을 쌓고 옮겨 살았으며, 102년 음집벌(音汁伐)·실직(悉直)·압독(押督) 등의 세 나라를 병합하였다. 106년에는 가야를 공격하였고, 108년에 비지(比只)·다벌(多伐)·초팔(草八)을 합병하는 등 국위를 떨쳤다. 파사왕이 정벌한 음집벌은 영일방면에 있던 소국이다. 이러한 움직임은 아달라왕 때도 계속되었다. 영일의 지배세력은 신라에 항복함으로써 토착세력의 지위를 인정받고 일부나마 기득권을 지킬 수 있었다. 그런데 신라의 지배가 점점 강화되면서 반발하는 소국들도 생겨났다. 시기는 조금 다르지만 신라에 복속했던 압독국(경산)과 실직국(삼척)이 146년과 104년에 각각 반란을 일으키기도 했다.

이런 관점에서 본다면 영일의 연오랑 세력도 신라의 압력에 굴복할 것인지, 아니면 다른 방법을 택할 것인지 고민을 거듭했을 것으로 보인다. 그러다가 이들은 기득권을 빼앗기느니 새로운 근거지를 찾아 떠나기로 했는데, 그 실행은 급박하게 이루어진 것으로 보인다. 이후 동일한 방법으로 세오녀가 일본으로 건너간다. 연오랑이 벗어놓았다는 신발은 연오랑 집단이 가지고 있던 바다 및 항해에 관한 자원 및 지식을 상징하는 것으로 보여진다. 세오녀가 그 신발을 보고 발견하고 동일한 바위를 타고 일본으로 건너가기 때문이다.

호미곶이 있는 포항에서 해류와 바람을 잘 타면 일본의 서쪽 시마네현(島根縣)에 닿는다. 그러나 이 시기만 해도 주된 항로가 연근해 항로임을 감안한다면 해협을 넘는 항로를 아는 사람도 드물었고, 알더라도 실제 항해를 실행하기도 어려웠을 것이다. 그러한 점에서 바다를 건너온 연오랑은 일본 사람들에게 그만큼 대단한 존재로 여겨졌을 것이다.

바다에서의 항해는 무척 힘든 일이다. 해류와 바람을 알아야 하기 때문이다. 때로는 별만 보면서 야간 항해를 해야 하는 경우도 있다. 때문에 선조 때부터 전해오는 바다에 대한 전통 지식과 자신의 경험이 적절히 어우러져야만 안전한 항해가 가능한 것이다. 연오랑으로 대표되는 집단은 이렇게 어려운 항해를 성공시킨 뱃사람들이었던 것이다. 그런데 연오랑만 바닷길을 알았던 것은 아니었다. 바로 세오녀 또한 바닷길을 알고 있었다. 세오녀는 남편의 신발을 보고 바위에 오르게 되고 마침내 일본에 도착하게 된다. 동해에 남아 있던 연오랑의 무리가 세오녀의 이주를 준비해주었을 가능성이 높다. 최소한 연오랑이 세오녀를 데려오기 위한 모종의 행위를 취한 것은 틀림없다. 바다를 건너온 세오녀 또한 사람들을 놀라게 하고 의아하게 만들었다. 사람들이 세오녀를 귀비(貴妃)로 삼은 것은 단순히 연오랑의 아내였기 때문이 아니라 바로 바다를 횡단한 탁월한 인물이었기 때문이다.

연오랑이 도착하자 인본인들은 그를 아주 비상한 사람으로 여겨 왕으로 추대했다. 그런데 『삼국유사』에는 『일본제기(日本帝紀)』라는 책을 인용해 "신라인을 왕으로 삼은 적이 없다. 이것은 변방 읍의 소왕이고 진짜 왕은 아닐 듯하다."라고 적고 있다. 신라 사람 중에는 일본 왕이 된 자가 없으니 연오랑이 변두리 고을의 작은 왕이 되었을 것이라고 보고 있는 것이다. 영일 지역의 지배자가 일본 소국의 왕과 비로 거듭난 것이다.

빛을 잃어버린 해와 달

연오랑과 세오녀가 바다를 건너가자 신라의 해와 달이 빛을 잃어버린다. 아달라왕이 즉시 일관(日官)에게 이유를 물으니 '신라에 강림했던 해와 달의 정기가 이제 왜국으로 가버렸다.'는 답이 나왔다.

고대인들에게 해와 달은 자연현상을 유지하는 근본이자 정치적 권위의 원천이기도 했다. 신라에서도 해와 달에 대한 존중은 지속적으로 표현된다. 시조 혁거세가 태어났을 때에도 해와 달이 청명해졌다고 믿었다. 또 매년 설날에는 해신[日神], 달신[月神] 등을 국가적 차원에서 제사 지냈다. 그만큼 해와 달은 일상생활에 필요한 존재일 뿐 아니라 국가적인 흥망성쇠의 상징으로 여겨졌다. 특히 일식과 월식은 종종 치명적인 천재지변이나 정치적 흉조로 해석되었다. 연오랑과 세오녀의 이주가 일월과 연결된 것도 이와 무관하지 않다. 이 이야기는 일식과 월식을 소재로 연오랑 부부의 이주가 가져올 심각성을 강조한 것이다.

신라의 해와 달이 광채를 잃었다는 것은 연오랑과 세오녀의 이주로 인해 영일지역 세력과 신라의 갈등 관계를 설명하고 있다. 어업 기반의 해상세력이 일시에 이주하였다는 것은 인구 측면이나 국가재정 측면에서 크나 큰 손실이다. 아울러 인근 지역을 지배하는 명분도 약화시켰다. 그러니 연오랑 세력을 비롯한 동해안 주민들의 이탈은 신라에게 해와 달이 빛을 잃어버리는 심각한 충격으로 받아들여진 것이다.

아달라왕은 사람을 보내 연오랑 세오녀 부부가 돌아오도록 설득했다. 그러나 연오랑은 자신들의 이주가 하늘의 뜻이니 어쩔 수 없다고 말했다. 일본에서 만족스럽게 정착한 그들은 굳이 돌아올 필요성을 느끼지 못했던 것이다. 대신 아내인 세오녀가 손수 짠 세초(細綃)를 주면서 하늘에 제사를 지내라고 하였다. 세초는 고운 비단이다. 이 비단은 고대와 중세 내내 아주 귀한 물건이었고, 그 자체가 문명을 상징한다. 이것으로 하늘에 제사를 지내면 숨어버린 해와 달이 돌아올 수 있다는 이유에서였다. 할 수 없이 사신들은 비단을 가지고 돌아와 왕에게 바쳤다. 왕이 그 말대로 제사를 지냈더니 과연 해와 달이 다시 광채를 찾았다.

당시 제사를 지낸 곳은 영일 도기야(都祈野)로서 오늘날의 포항에 위치한다. 현재 남아 있는 일월지(日月池)가 바로 그곳이다. 왕은 제사에 사용한 비단을 어고(御庫)에 간직해 국보로 삼았다. 그 비단은 왕비 세오녀가 짜준 것이기에 이 창고를 귀비고(貴妃庫)라 불렀다.

문화적 영웅으로 거듭난 부부

연오랑과 세오녀의 이야기는 연오랑으로 대표되는 영일 지역 해상세력의 이주, 그리고 신라와의 교역에 관한 내용을 보여준다. 연오랑 세력은 영일지역으로 돌아오라는 아달라왕의 부탁을 거절하는 대신 신라와 지속적으로 교류하는 쪽을 선택한다. 세오녀가 만든 특별한 예물은 그 상징이었다. 해와 달의 제사에 이용될 일종의 신물(神物)을 전달한 것이다. 이 신물은 제사에 사용되는 것으로 그 역할이 끝나지 않는다. 제사가 끝난 뒤 아달라왕의 어고에 모셔지게 된다. 바로 신라에 대한 복속의 상징물이 되어버린 것이다. 이것은 영일지역에 남아 있던 연오랑 집단에게 신라에 복속할 것을 명하는 것과도 같은 의미를 지닌다.

신라는 국가적인 차원에서 사해(四海)에 제사를 지냈다. 동쪽의 아등변(阿等邊), 남쪽의 형변(兄邊), 서쪽의 미릉변(未陵邊), 북쪽의 비례산(非禮山)이 그것이다. 그 중 동해에 제사 지냈다는 아등변은 근오형변(斤烏兄邊)이라고도 하는데, 바로 영일 주변이었다. 해에 대한 존중이 유별났던 신라 사람들에게 영일지역의 장악은 정치적으로 더없이 중요했다. 때문에 영일을 떠난 이주세력이 독자적인 왕국을 만들었다고 선전한다면, 신라의 지배세력의 권위는 손상을 입을 수도 있었다. 때문에 세오녀가 준 비단으로 해와 달의 빛을 찾고자 하였다. 아니 찾아야만 했는지도 모른다. 따라서 세오녀의 비단은 영일 일대에 대한 지배권을 확실히 한 징표인 셈이다. 대신에 신라는 도기야 제사를 통해 영일지역 세력을 매개로 왜의 연오랑과 교섭을 인정하고 있었는지 모른다.

햇빛과 달빛으로 상징되는 연오랑과 세오녀는 일본열도로 이주하다가 헤어지는 상황에서도 결코 연분의 끈을 놓지 않았다. 그 결과 이들은 소국의 왕과 비로소 행복한 삶을 이어갔다. 그런데 햇빛과 달빛으로 상징되는 남녀는 '해와 달이 된 오누이'에서도 만날 수 있다. 이 두 개의 이야기에서 차이점이 있다면 오누이는 하늘로 올라가 해와 달이 되었지만, 연오랑과 세오녀는 해와 달의 정기가 땅에 내려와 사람이 되었다는 것이다. 그리고 연오랑과 세오녀는 오누이 사이가 아닌 부부 사이라는 점이다. 오누이는 핏줄로 맺어진 생물학적 관계이고, 부부는 핏줄이 다른 남녀가 만나서 함께 생활하는 사회학적 관계다. 신화에서 오누이가 자연을 의미한다면 부부는 문명을 가리킨다고 할 수 있다.

　일본의 고대에는 한반도에서 수많은 사람들이 건너가서 문화를 전하고 지배층을 이루었다. 그들은 대부분 귀족이나 승려와 같은 지식인들이었다. 그러나 백성들 가운데도 앞선 문화를 체득하여 바다를 건너가서 문화를 전한 이들이 분명 있었다. 그들은 문화영웅으로서 무력이 아닌 문화로 함께하고자 하였다.

〈영일 일월지(迎日日月池)〉

경북 포항시 남구 오천읍 용덕리 일원에 있는 연못. 하늘에 제사를 지내니 해와 달이 빛을 다시 되찾았다는 연오랑 세오녀의 설화가 얽혀있는 곳이다.(사진 출처 : 경북도청)

〈연오랑 세오녀상(延烏郎細烏女像)〉

경상북도 포항시 남구 호미곶면 해맞이 공원에 있는 동상. 호미곶
은 한반도에서 가장 먼저 해가 뜨는 곳으로 이곳에 연오랑과 세오
녀 부부의 모습을 만들어 놓았다.(사진 출처 : 문화재청)

〈도구해수욕장(都丘海水浴場)〉

경상북도 포항시 남구 동해면 도구리에 있는 해수욕장이다. 연오랑
과 세오녀가 일본으로 갔다는 장소이다. (사진 출처 : 경북도청)

3 나무 사자로 병합한 우산국[울릉도]
– 이사부

또 아슬라주(阿瑟羅州)[지금의 명주(溟州)이다]의 동쪽·바다 가운데에 순풍으로 이틀 걸리는 거리에 울릉도(亏陵島)[지금은 우릉(羽陵)이라 한다]가 있었다. 둘레가 2만 6천 7백 30보였는데 섬사람[鳥夷]들은 그 바닷물이 깊은 것을 믿고 교만하여 신하되기를 거부하였다. 왕은 이찬(伊飡) 박이종(朴伊宗)에게 명하여 군사를 거느리고 그들을 토벌하게 하였다.

박이종은 나무로 사자를 만들어 큰 배 위에 일렬로 세워 놓고 그들을 위협하며 말하기를

"항복하지 않으면 이 맹수를 풀어 놓겠다."

하자 섬사람들은 두려워 항복하였다.

[왕은] 이종에게 상을 내려 주백(州伯 : 주의 장관)으로 삼았다.

－『삼국유사』, 기이 제1(紀異第 一), 지철로왕(智哲老 王)

13년 여름 6월에 우산국(于山國)이 항복하여 해마다 토산물을 바쳤다. 우산국은 명주(溟州)의 정동쪽 바다에 있는 섬으로 혹은 울릉도(鬱陵島)라고도 하였다. 땅은 사방 1백 리인데, 지세가 험한 것을 믿고 항복하지 않았다. 이찬(伊飡) 이사부(異斯夫)가 하슬라주(何瑟羅州: 강릉)의 군주(軍主)가 되어 말하기를

"우산국의 사람들은 어리석고 또 사나워서 힘으로 복속시키기는 어려우나 꾀로는 복속시킬 수 있다."

라고 하였다.

이에 나무 사자를 많이 만들어 전함(戰艦)에 나누어 싣고 그 나라의 해안에 이르러 거짓으로 말하기를

"너희가 만약 항복하지 않으면 이 사나운 짐승을 풀어 밟아 죽이겠다."

라고 하자 그 나라 사람들이 두려워하며 곧 항복하였다.

― 『삼국사기』, 신라본기(新羅本紀), 지증 마립간(智證麻立干)

이사부(異斯夫)[혹은 태종(苔宗)이라고 한다]의 성은 김씨이고, 내물왕(奈勿王)의 4대손이다.

지도로왕(智度路王) 때 연해 변경 지역의 지방관(干)이 되었다. 거도(居道)의 임기응변의 꾀를 답습하여 마희(馬戱: 말을

타고 놀이하는 것)로써 가야국(加耶國) [가야(加耶)는 혹은 가라(加羅)라고 한다]을 미혹시켜 그것을 빼앗았다.

[지증왕] 13년 임진(壬辰, 512)에 이르러 [이사부는] 아슬라주(阿瑟羅州) 군주(軍主)가 되어 우산국(于山國)의 병합을 계획하였다. 그 나라 사람들은 어리석고 사나워 위엄으로 복종시켜 항복받기는 어렵고 계략으로써 복속시키는 것은 가능하다고 여겼다. 이에 나무로 만든 사자를 많이 만들어 전선(戰船)에 나누어 싣고 그 나라 해안에 다다랐다. 거짓으로 고하기를,

"너희들이 만약 항복하지 않으면 이 맹수를 풀어서 밟아 죽이겠다."

고 말하였다.

그 사람들이 두려워하여 곧 항복하였다.

－『삼국사기』, 열전(列傳), 이사부(異斯夫)

김이사부

이사부(異斯夫)는 우산국(지금의 울릉도)을 신라에 복속시킨 인물이다. 출생과 사망에 관한 자세한 내용은 알 수 없지만, 신라 제22대 왕인 지증왕(智證王, 재위 : 500~514) 때부터 제24대 진흥왕(眞興王, 재위 540~576) 때까지의 인물로 알려져 있다.

『삼국사기』 열전의 기록에 의하면 성은 김 씨이고, 내물왕의

4세손으로 태종(苔宗)이라 표기되기도 한다. 『삼국유사』에는 '박이종(朴伊宗)'이라고 기록하고 있어 성과 이름이 다르게 표기되어 있다. 이종(伊宗)은 이사부의 '이(異)'가 발음이 같은 '이(伊)'로 옮겨갔고, '부(夫)'는 뜻이 같은 '종(宗)'으로 변했다. 음과 뜻에 따라 표기하는 이두식 표현으로 이사부의 또 다른 이름인 '태종(苔宗)'도 이두식 표기다. 박제상의 경우도 『삼국사기』에는 박제상으로, 『삼국유사』에서는 김제상으로 기록하고 있다. 이런 경우를 감안해 볼 때 성과 이름이 잘못 표기 되어 있는 것은 그다지 큰 의미를 가지는 것은 아닌 것으로 보인다.

『삼국사기』 열전 이사부조의 기록을 토대로 그의 업적을 살펴보면 가야국을 빼앗았고, 우산국(于山國 : 지금의 울릉도)을 병합하였으며, 고구려의 도살성(道薩城) 및 백제의 금현성(金峴城)을 함락시킨 것으로 되어 있다. 가야를 빼앗은 일은 열전의 사다함(斯多含) 조에 더 자세히 나온다. 우산국 병합 사실은 신라본기 지증왕 13년 6월 조에, 도살성 및 금현성의 함락 사실은 진흥왕 11년 3월 조에도 각각 기록되었다. 이렇게 본다면 이사부는 지증왕과 진흥왕을 거치는 동안 신라 정복 전쟁의 선봉장이었던 셈이다.

그런데 그가 정복 전쟁을 행할 때 단순히 무력으로 모든 것을 해결한 것은 아닌 것으로 보인다. 가야의 땅을 빼앗을 때는 말놀이를 하는 척 속였고, 우산국을 공격할 때는 나무로 사자를 만들어 두렵게 하여 항복하게 하였다. 또한 백제가 고구려의 도살성을 빼앗고, 고구려는 백제의 금현성을 함락시키자 두 나라 군사가 지친 틈을 이용해 군대를 출동시켜, 두 개의 성을 빼앗았다. 군사력뿐만 아니라 머리를 써서 전투를 승리로 이끈 지장(智將)이라 할 수 있다.

동해 한 가운데에 있었던 나라

고대 우산국에 대한 기록은 거의 없다. 246년(동천왕 20) 중국 위나라(魏)의 관구검(毌丘儉)이 고구려를 침략한 사실을 기록한 『위지(魏志)』의 내용이 우산국을 추측할 수 있는 최초의 기록이다. 그 내용은 다음과 같다.

> … 〈전략〉 …
> (왕기가) 옥저의 동해안에 이르러 현지 노인들에게
> "바다 동쪽에도 사람이 있느냐"
> 고 물었다.
> 노인(耆老)이 말하기를,
> "국인(옥저인)이 일찍이 배 타고 고기를 잡다가 풍랑을 만났는데, 수십 일 만에 동쪽으로 바다 위에 한 섬을 보았다. 뭍에 올라가 보니 사람이 살고는 있는데 언어는 서로 통하지 않았고, 그 풍속은 항시 7월이면 어린 여자를 바다에

바쳤다"고 말했다.

　그 노인은 이어

　"바다 한가운데 나라가 하나 있는데 모두 여자이고 남
자가 없다"

　라며,

　"바다에 떠다니는 옷 하나를 얻었는데, 모양은 중국인
의 옷과 같고 양 소매 길이가 3장이었다"

　고 했다. 또

　"부서진 배 하나가 파도에 밀려와 해안에 닿았는데, 목
에 얼굴이 또 있는 사람이 타고 있었다. 살아는 있었는데
말이 통하지 않았고 음식을 먹지 않아 죽었다"

　고 했다. 그 곳은 모두 옥저 동쪽의 큰 바다 가운데에
있는 것이다.

　　(盡其東界. 問其耆老[海東復有人不], 耆老言國人嘗乘船捕魚, 遭風
見吹數十日, 東得一島, 上有人, 言語不相曉, 其俗常以七月取童女沈海.
又言有一國亦在海中, 純女無男. 又說得一布衣, 從海中浮出, 其身如中
[國]人衣, 其兩袖長三丈. 又得一破船, 隨波出在海岸邊, 有一人項中復
有面, 生得之, 與語不相通, 不食而死. 其域皆在〈沃沮〉東大海中.)

　위의 기록은 옥저 노인의 말을 왕기가 듣고서 전한 내용으
로 '여자만 사는 나라', '목에 얼굴이 또 있는 사람' 등의 내용을
보았을 때 사실과 다른 측면도 있을 것이다. 그렇지만 동해 바

다 가운데 섬이 있으며 이곳에는 언어가 다른 사람들이 살고 있었다는 것은 확인할 수 있다.

우산국은 『삼국사기』 신라본기 지증왕 조와 같은 책 〈열전 이사부 조〉에 처음으로 등장하다가 이후 신라가 멸망할 때까지 사료에 나오지 않는다. 이후 고려시대에 다시 우산국이라는 명칭이 등장한다.

『고려사(高麗史)』를 살펴보면, 고려 태조 13년에 '백길(白吉)과 토두(土豆)가 토산물을 헌납하였다(芋陵島遣白吉 · 土豆, 貢方物)'는 기록이 보이고, 고려 현종 9년에는 '우산국이 동북여진족의 침략을 받아 농사일을 못하게 되자, 이원구를 보내 농기구를 하사하였다.(以于山國被東北女眞所寇, 廢農業, 遣李元龜, 賜農器)'는 기록이 보인다. 여진족의 침략으로 인해 우산국은 더 이상 자립할 수 없는 상황에 이르렀고, 현종 13년에는 '섬을 버리고 도망 온 우산국 백성들을 예주(禮州, 경북 영해)에 배치하여 밑천과 양식을 제공하고 영원히 호적에 편입하도록 함으로써(于山國民, 被女眞虜掠逃來者, 處之禮州, 官給資糧, 永爲編戶)' 울릉도는 거의 빈 섬으로 남게 되었다. 이러한 과정에서 우산국이란 명칭은 역사의 무대에서 사라졌다.

우산국 우해왕과 풍미녀 이야기

역사서에는 나오지 않지만, 우산국과 관련된 전설이 지역의 지명 전설과 연관되어 전한다. 이야기가 전해지는 과정에서 많은 윤색이 가해졌을 것으로 보이나, 문헌 사료에 보이지 않는 우산국의 실체를 전해 주는 이야기의 하나라고 할 수 있다. 그 내용은 다음과 같다.

　　우산국이 가장 왕성했던 시절은 우해왕이 다스리던 때였다. 왕은 기운이 장사요, 신체도 건장하여 바다를 마치 육지처럼 주름잡고 다녔다. 우산국은 작은 나라지만 근처의 어느 나라보다 바다에서는 힘이 세었다. 당시 왜구는 가끔 우산국을 노략질하였는데 그 본거지는 대마도였다.

　　어느 해, 우해왕은 군사를 거느리고 대마도로 가서 대마도수장을 만나 담판을 지었다. 대마도수장은 앞으로 다시는 우산국을 침범하지 않겠다는 항복 문서를 바쳤다. 대마도를 떠나 올 때 우해왕은 대마도 수장의 셋째 딸인 풍미녀를 데려와 왕후로 삼았다. 그런데 풍미녀를 왕후로 맞이한 뒤로 우해왕은 백성 다스리는 일을 멀리하기 시작하였다. 심지어 사치를 좋아하는 풍미녀가 원하는 것이라면 신라에서 몰래 노략질을 해오는 것도 마다하지 않았다. 신하 중에 부당한 일이라고 항의하는 자가 있으면 당장에 목을 베거나 바다에 집어넣었으므로 신하와 백성들은 우해왕이 무서워 한 마디도 못하게 되었고 풍미녀는 더욱 사치에 빠져들었다.

어느 날부터인가 "나라가 망하겠구나!", "풍미 왕후는 마녀야", "우해왕이 달라졌어" 하는 소문이 온 우산국에 퍼지더니, 드디어 신라가 쳐들어오리라는 소문이 돌기 시작하였다. 그러나 우해왕은 그런 소문을 전했다는 이유만으로 신하를 바다에 집어넣었다. 이를 본 신하들은 되도록 왕을 가까이하지 않으려 했는데, 결국 풍미녀가 왕후가 된 지 몇 해 후 우산국은 신라에 망하고 말았다.

– 『울릉군지』(울릉군, 2007)

이 이야기에서 주목되는 것은 우해왕이 왜국 곧 대마도와 이른바 결혼동맹을 체결하였다는 점이다. 즉 왜구의 노략질을 징벌하고 차단하기 위해 대마도를 정벌하고 인질을 획득한 관계를 맺는 것이다. 이후 사치에 빠진 풍미녀 때문에 우해왕이 신라를 노략질해 이사부의 공격을 자초했음을 이야기는 보여준다. 그러나 우해왕은 대마도를 복속시킨 자신감 때문인지 신라 변방의 이사부쯤은 상대로도 보지 않은 모양이다. 신하와 백성에게 신뢰를 잃은 우해왕은 결국 신라에 의해 망하고 말았다.

고대 우산국의 흥망을 보여주는 이야기인데, 결과적으로는 대마도를 정벌할 정도로 강력한 힘을 갖고 있던 동해의 해상 강국이 우산국이었음을 보여주는 이야기라 할 수 있다.

우산국 사람들은 사자를 알았을까?

한반도에도 사자가 있었을까? 결론부터 말하자면 있었던 것으로 보인다. 평양과 충북 단양 등지의 구석기시대 동굴유적지에서 동굴사자(cave lion) 뼈가 출토되었다. 이를 통해 같은 시대에 대륙에 살던 아메리카 사자와는 다른 종이지만, 구석기 시대에 한반도에 사자가 존재했던 것으로 보인다. 그러나 빙하기와 간빙기의 교차에 따른 기후변화로 멸절된 것으로 보인다. 신석기나 청동기시기에 사자와 관련된 유적이나 유물이 발견되지 않기 때문이다.

이후 삼국시대 불교 유입과 함께 사자가 우리의 역사 및 문화 속에 다시 등장한다. 1959년 서울 뚝섬에서 발견된 금동여래좌상은 5세기 작품인데, 불상 대좌에 사자를 표현했다. 중국 길림성 집안현에 있는 고구려의 장천1호분 벽화 불상대좌에서도 사자가 확인된다. 아울러 백제금동대향로 뚜껑 제일 아랫부분에서도 사자의 모습을 확인할 수 있다.

고구려에 불교가 전래된 것이 서기 375년(소수림왕 5)이다. 이때 불법(佛法)의 수호동물로 사자의 이미지가 전래되었다고 본다면 신라가 우산을 정벌할 때인 6세기 초반쯤이면 한반도에 어느 정도 사자에 관한 정보가 전파되었으리라 여겨진다. 그렇다면 우산국 사람들은 정말 사자를 몰랐던 것일까? 아니면 나무로 만든 사자를 정말로 무서워했을까?

여기서 고민해 보아야 할 것은 이사부의 우산국 정벌이 과연 나무로 만든 사자 때문에 이긴 것인가 하는 것이다. 일찍이 신라는 왜의 침공을 많이 받았다. 물에서 싸우는 것[水戰]은 생각도 못했고, 그저 지세가 험한 곳에 관문(關門)을 만들어 적들이 오는 것을 막는 것이 고작이었다. 그러다가 차츰 해상력을 강화하기 시작하여 마침내 512년 이사부가 바닷길을 건너가 우산국을 정벌할 수 있을 정도에 이른다. 이는 중요한 의미를 지니는데,『삼국사기』를 살펴보면 지증왕 이후 왜가 신라를 침공했다는 기록을 볼 수가 없다. 이사부의 우산국 정벌은 신라가 동해의 해상주도권을 확보했다는 관점으로도 볼 수 있기 때문이다. 나무로 만든 사자가 '불교적 교리와 같은 문화적 두려움'이든, '장갑차와 같은 사자모양의 무기'이든, '사자의 주술적 능력에 의한 피해를 두려워 한 것'이든 간에 이사부의 우산국 정벌은 강해진 신라의 해상력을 보여준 사건이라 할 수 있다.

그렇다면 과연 이사부로 인해 우산국은 멸망했는가? 우산국이 멸망한 것이 아니라 이사부는 우산국을 침공해 조공을 바치던 원래의 관계를 회복시킨 것으로 보인다.『삼국사기』기록을 보면 우산국은 이사부가 군주로 있던 시절에 이미 신라에 복종해 해마다 신라에 조공을 바쳤던 것으로 보인다. 그런데 지세가 험한 것을 믿어 조공을 끊고 신라에 대응한 것으로 여겨진다. 어쩌면 '우해왕과 풍미녀' 이야기에서도 보이듯이 대마도를 정벌하고 신라의 변방을 공격할 정도의 해상력을 가지고 있었는지도 모른다. 그렇기 때문에 동해안의 해상권 장악을 노리던 신라가 위기감을 느꼈고, 이에 이사부가 우산국을 정벌하게 되었는지도 모른다.

신라의 입장에서 보면 우산국을 정벌한 다음 그곳에 군현을 설치하여 인적·물적 자원을 지속적으로 조달하며 지배하는 것이 쉬운 일은 아니었을 것이다. 때문에 우산국을 완전히 정벌하여 직속으로 관리하기 보다는 공물을 진상했던 관계를 회복하는 선에서 우산국의 독자적인 체계를 일정 정도 인정한 것으로 보인다.

이렇게 생각해 본다면 우산국은 신라의 지증왕 이후 울릉도에서 완전히 사라진 것은 아니다. 고려시대에 다시 역사 기록에 등장할 수 있을 정도로 그 생명력을 유지하고 있었던 것으로 보인다. 특히나 고려 의종 11년(1157) 기록에 "울릉도가 이미 폐허가 되었지만, '석불, 철종, 석탑' 등이 있었다."는 내용으로 보아 일정 정도의 문화 수준을 갖춘 집단이 고려 초기까지도 울릉도에 존재하고 있었음을 알 수 있다.

이사부가 만들었다는 나무 사자는 사자(獅子)가 아니라 신라의 뜻을 강하게 전한 사자(使者), 곧 이사부 자신이었는지도 모른다.

〈국가표준영정 제83호 이사부장군 영정〉

가로 120㎝, 세로 220㎝ 크기의 영정은 이사부 장군의 전신(全身) 모습을 담고 있다.(사진 출처 : 삼척시립박물관)

〈도동항(道洞港)〉

경상북도 울릉군 울릉읍에 있는 항구. 울릉도의 관문항으로 포항
에서 북동쪽 188km 해상에 위치해 있는 동해안 유일의 섬 항구이
다.(사진 출처 : 필자)

〈이사부 사자공원〉

강원도 삼척시 증산동에 있는 공원. 삼척에서 실직군주를 역임한
이사부의 우산국 정벌의 업적을 기리고자 만들었으며, 다양한 모습
의 사자상 등을 전시하고 있다. (사진 출처 : 삼척 시청)

4 용이 되어 동해를 지킨 왕
- 문무왕

    처음 문희의 언니 보희(寶姬)가 서악(西岳)에 올라가 오줌을 누는데 그 오줌이 수도에 가득 차는 꿈을 꾸었다. 다음 날 아침 꿈 이야기를 누이에게 했더니 문희가 이야기를 듣고

    "내가 이 꿈을 사겠어요."

    하였다. 언니가 말하기를

    "어떤 물건을 주겠느냐?"

    하자, 문희가

    "비단치마(錦裙)를 주면 되겠지요."

    하니 언니가 승낙하였다. 문희가 치마폭을 펼쳐 꿈을 받을 때 언니가 말하기를

    "어젯밤의 꿈을 너에게 준다."

    하였다. 문희는 비단 치마로써 그 꿈을 갚았다. 10일이 지나 유신이 춘추공과 함께 정월 상오 기일[忌日 ; 앞의 사

금갑조에 자세히 보이며 최치원의 견해이다]에 유신의 집 앞에서 공을 찼다[축국(蹴鞠) ; 신라인들은 공을 가지고 노는 것을 축국이라고 하였다]. 일부러 춘추공의 옷을 밟아 저고리 고름[襟紐]을 떨어뜨리게 하고 말하기를

"청컨대 저의 집에 들어가서 옷고름을 답시다."

하니 [춘추]공이 그 말을 따랐다. 유신이 아해(阿海)에게

"옷고름을 달아 드려라[奉針]"

고 명하니 아해는

"어찌 사소한 일로써 가벼이 귀공자와 가깝게 하겠습니까."

하고 사양하였다[고본에는 병을 핑계로 나아가지 않았다고 한다]. 이에 아지(阿之)에게 명하였다. [춘추]공이 유신의 뜻을 알아차리고 마침내 문희와 [정을] 통하였는데, 이후 춘추공이 자주 왕래하였다. 유신은 아지가 임신한 것을 알고 그녀를 책망하여 말하기를

"네가 부모에게 고하지도 않고 임신을 하였으니 무슨 까닭이냐?"

하고 이에 온 나라에 말을 퍼뜨려 아지를 불태워 죽인다고 하였다. 하루는 선덕왕(善德王)이 남산(南山)에 거둥할 때를 기다렸다가 뜰에 땔나무를 쌓아 놓고 불을 지르니 연기가 일어났다. 왕이 그것을 바라보고

"무슨 연기인가?"

하고 묻자 좌우에서 아뢰기를

"아마도 유신이 누이를 불태우려는 것 같습니다."

하였다. 왕이 그 까닭을 물으니, 아뢰었다.

"그 누이가 남편도 없이 임신하였기 때문입니다."

왕이 이르기를

"그것은 누구의 소행이냐?"

고 물었다. 마침 [춘추]공이 왕을 모시고 앞에 있다가 얼굴색이 붉게 변했다. [그것을 보고] 왕이 말하기를

"이는 너의 소행이니 속히 가서 그녀를 구하도록 하여라."

하였다. 춘추공이 임금의 명을 받고 말을 달려 왕명을 전하여 죽이지 못하게 하고 그 후 떳떳이 혼례를 올렸다.

– 『삼국유사』, 기이 제1(紀異第一), 태종춘추공(太宗春秋公)

대왕이 나라를 다스린 지 21년 만인 영륭(永隆) 2년 신사(辛巳)에 붕어하니, 유조를 따라 동해 중의 큰 바위에 장사 지냈다. 왕이 평소에 항상 지의법사(智義法師)에게 이르기를

"짐은 죽은 뒤에 호국대룡(護國大龍)이 되어 불법을 받들고 나라를 수호하고자 한다"

고 하였다. 법사가 말하기를,

"용이란 축생보(畜生報)가 되는데 어찌합니까?"

라고 하였다. 왕이 말하기를

"나는 세상의 영화를 싫어한 지 오랜 지라, 만약 나쁜 응보를 받아 축생이 된다면 짐의 뜻에 합당하다."

고 하였다.

- 『삼국유사』, 기이 제2(紀異第二), 문무왕법민(文武王法敏)

가을 7월 1일에 왕이 죽었다. 시호를 문무(文武)라 하였다. 여러 신하들이 유언으로 동해 입구의 큰 바위 위에서 장례를 치루었다. 세속에 전하기를, 왕이 변해 용이 되었다고 하므로, 그 바위를 가리켜서 대왕석(大王石)이라고 한다. 남긴 조서는 다음과 같다.

"과인은 나라의 운(運)이 어지럽고 전란의 시기를 맞이하여, 서쪽을 정벌하고 북쪽을 토벌하여 능히 영토를 안정시켰고 배반하는 자들을 치고 협조하는 자들을 불러 마침내 멀고 가까운 곳을 평안하게 하였다. … 〈중략〉 … 지난날 모든 일을 처리하던 영웅도 마침내 한 무더기의 흙이 되면, 나무꾼과 목동은 그 위에서 노래를 부르고 여우와 토끼는 그 옆에 굴을 판다. 헛되이 재물을 쓰면 서책(書冊)에 꾸짖음만 남길 뿐이요, 헛되이 사람을 수고롭게 하는 것은 죽은 사람의 넋을 구원하는 것이 못된다. 가만히 생각하면 슬프고 애통함이 그치지 않을 것이지만, 이와 같은 것은 즐겨 행할 바가 아니다. 죽고 나서 10일 뒤에 곧 고문(庫門) 바깥의 뜰에서 서국(西國)의 의식에 따라 화장(火葬)을 하라. 상복의 가볍고 무거움은 정해진 규정이 있으니, 장례를 치르는 제도를 힘써 검소하고 간략하게 하라. 변경의 성・진(城鎭)을 지키는 일과 주현(州縣)의 세금 징수는 긴요한 것이 아니면 마땅히 모두 헤아려 폐지하고, 율령격식(律令格式)에 불편한 것이 있으면 곧 다시 고치도록 하라. 멀고 가까운 곳에 널리 알려 이 뜻을 알게 할 것이며, 주관하는 자는 시행하도록 하라."

－『삼국사기』, 신라본기(新羅本紀), 문무왕(文武王)

문무왕

신라 제30대 문무왕(文武王, 재위 661~681)은 태종무열왕(太宗武烈王, 재위 603~661)과 문명왕후(文明王后, ?~?)의 아들로 태어났으며, 이름은 법민(法敏)이다.

태종무열왕은 김유신과 함께 삼국통일에 매진한 김춘추(金春秋)이다. 문무왕이 태어난 해를 보통 626년이라 하는데, 이는 좀 더 고민해 보아야할 듯싶다. 626년은 진평왕 48년인데, 김유신의 동생 문희가 아이를 가진 사건을 『삼국유사』에서는 선덕여왕 때라고 적고 있다. 따라서 문무왕은 선덕여왕(善德女王, 재

위 : 632~647)이 재위하던 시절에 태어났다고 해야 한다. 따라서
어느 쪽의 기록이 맞는지는 확실하지 않다.

문무왕의 어머니인 문명왕후는 김유신의 동생인 문희(文姬)
이다. 『삼국사기』와 『삼국유사』에는 태종무열왕과의 결혼에 관
한 설화가 전해지고 있다. 두 책에 전하는 이야기에서 앞 부분
의 꿈을 사고파는 내용은 같다. 다만, 『삼국사기』에는 '김유신
이 자신의 집으로 김춘추를 데리고 와서 주연을 베풀며 맏누이
인 보희에게 옷고름을 달게 했는데, 마침 일이 있던 보희 대신
동생인 문명왕후가 대신 나와서 바느질을 하고, 김춘추가 어여
쁜 모습에 반해 청혼을 하여 결혼하였으며, 곧바로 임신을 해
서 법민(法敏)을 낳았다.'고 기록하고 있다. 반면 『삼국유사』에는
'언니 보희(寶姬)가 사소한 일로 귀공자를 가까이해서는 안 된다
며 바느질을 하라는 김유신의 요청을 거절하였고, 김춘추가 동
생을 자신과 맺어주려는 김유신의 뜻을 알아차리고 문명왕후
와 관계를 하여 결혼하기 전에 임신을 했으며, 김유신이 문명
왕후를 불태워 죽인다는 소문을 나라에 퍼뜨리고는 선덕여왕
이 남산(南山)에 행차한 틈을 타서 연기를 피워 동생의 임신 사
실을 왕에게 알려 두 사람의 결혼을 추진했다.'고 기록하고 있
다. 김춘추와 혼인 관계를 맺으려는 김유신의 '김춘추 꼬드기
기' 성공 계략담처럼 보인다.

문무왕은 태종무열왕의 맏아들로 신라가 당나라와 손을 잡

고 백제를 평정할 때 큰 공을 세웠고, 그 이듬해에 왕위에 올랐다. 삼국통일의 시작을 열면서 등극 한 셈이다. 문무왕의 재위 기간은 곧 통일 전쟁의 시간이었다. 백제 유민뿐만 아니라 고구려와 전투를 벌여야 했고, 이후에는 당나라와도 싸워야 했다. 결국 삼한을 통합한 실질적인 왕이 문무왕이다.

삼국 통일을 위해 싸우다

문무왕은 태자 시절부터 아버지 이상으로 눈부신 활약을 하였다. 아버지가 왕위에 오르기도 전인 진덕여왕 때 당나라에 사신으로 다녀오기도 하고, 아버지가 왕위에 오른 후에는 병부령의 자리에서 나라의 기강을 잡았다. 아버지가 사망한 이후에는 661년 왕위에 올라 백제의 부흥운동을 제압하고, 고구려를 멸망시킨 다음 당나라 군사마저 쫓아내야하는 막중한 임무를 수행하였다. 삼국통일에 있어서 문무왕은 주역으로서의 자신의 몫을 다한 셈이다.『삼국사기』의 기록을 중심으로 그가 재위했던 기간의 중요한 활동을 정리해 보면 다음과 같다.

먼저, 663년에 백제 부흥군의 내분을 틈타 곧장 백제 부흥군을 진압하려 하였다. 당에서도 웅진도독부의 장군 유인궤의 요청에 따라 우위위장군(右威衛將軍) 손인사가 40만 군사를 보냈다. 문무왕 역시 김유신과 김인문 · 김천존, 화랑 죽지랑 등 28명의 장군을 데리고 두솔성(豆率城)에 이르렀다. 백강 어귀에서 당의 수군과 백제·왜의 선단이 충돌하여 백제·왜 선단을 궤멸하였고, 백제의 풍왕은 고구려로 망명해 버렸다. 이후 주류성을 함락시켰다. 결국 664년 새로 웅진도독이 된 옛 백제의 왕자 부여융과 동맹을 맺음으로써 이 전쟁은 일단락 되었다. 백제 부흥군은 문무왕 4년(664년) 3월에 사비산성에서 최후의 저항을 시도했지만 그마저도 실패로 돌아가면서 사실상 종말을 고한다.

다음으로, 문무왕은 고구려 정벌에 나섰다. 백제를 멸망시킨 문무왕이 처음으로 고구려 공략에 나선 것은 664년으로 웅진도독부 소속 당병과 함께 돌사성을 쳐서 멸하면서부터였다. 그러다가 668년, 고구려가 지배층의 내분으로 국론이 분열되자 신라와 당나라 연합군은 군사를 일으켜 다시 고구려로 쳐들어갔다. 이세적(李世勣)이 이끄는 당나라 군대와 연합해 평양성을 공격한 문무왕은 마침내 평양성을 함락하였다.

마지막으로 당나라와의 전쟁이다. 668년 평양성을 정렴한 당나라는 평양에 안동도호부(安東都護府)를 설치하여 자신들이 직접 9도독부, 42주, 100현을 통치하려고 하였다. 이에 문무왕은 분노하게 되었고, 이때부터 신라와 당나라간의 전쟁이 시작되었다. 670년에 백제 땅에 있던 당군을 기습적으로 공격하여 웅진 도독부를 없애 버리고 백제의 63성을 빼앗았으며, 백제의 옛 수도였던 사비에 신라 행정 구역인 소부리주를 설치했다.

이후 한강에서부터 대동강에 이르는 각지에서 크고 작은 전투가 벌어졌다. 당나라는 674년 유인궤(劉仁軌)를 계림도대총관(鷄林道大摠管)으로 삼아 신라를 치려고 하였고, 문무왕의 동생 김인문을 일방적으로 신라왕(新羅王)에 봉하였다. 전쟁은 675년 절정에 이르렀는데, 당은 거란과 말갈군이 포함된 대군을 이끌고 육로로 쳐들어왔다. 그러나 당의 침입을 예상하고 있던 신라군은 매소성(현재 경기도 양주)에서 이들을 대파해 버렸다. 아울러 676년에는 기벌포(현재 금강 하구)로 쳐들어오는 당의 수군까지 격파 하였고, 결국 676년 당이 안동도호부를 평양에서 요동성(遼東城)으로 옮기면서 전쟁은 끝이 났다. 삼국 통일의 위업을 달성한 것이다.

국가를 위해서는 뇌물도 써라

문무왕은 당나라와의 싸움에서 무조건적으로 힘으로만 대항하려 하지는 않았다. 나라에 도움이 되는 일이라면 힘과 지혜, 때로는 뇌물이라도 사용하려 하였다. 문무왕은 668년 고구려를 끝으로 삼국을 평정하였다. 그러나 그것이 끝은 아니었다. 부흥을 꿈꾸는 백제·고구려의 유민뿐만 아니라 당나라마저 몰아내어야 하는 어려움을 겪어야 했다. 675년에는 당나라 대군을 막아야 하는 상황에 이르렀다. 물리적으로 힘이 없을 때에는 정신력으로 버틸 수밖에 없다. 바로 불력(佛力)에 의존하는 것이다. 사천왕사를 만들어 당나라를 물리쳐달라고 빌었던 것이다.

문무왕의 동생 김인문은 당나라의 옥에 갇히고, 당은 군사 50만 명을 동원하여 신라를 치려고 하는 위기 속에서 만들어 진 절이 사천왕사이다. 당나라 군대의 침략 소식을 신라에 전한 사람은 의상이었다. 왕은 급히 신하들에게 방책을 물었고, 이에 사천왕사를 창건하고자 하였다. 그런데 시간이 문제였다. 이미 당나라 군사를 실은 배가 신라 국경에 다가와 있었기 때문이다. 이에 채색 명주로 절을 꾸미고, 풀을 가지고 동·서·남·북과 중앙의 다섯 방위를 맡는 신상이 만들었다. 이후 밀 교승들과 함께 문두루(文豆婁)의 비법을 쓰자, 갑자기 바람과 물결이 거세게 일어 당나라 배가 모두 침몰하였다. 671년에 당나라 군대가 쳐들어올 때도 비법을 베풀어 전과 마찬가지로 배를 침몰시켰다.

막강한 군대를 가졌다고 자부하던 당나라가 연전연패하자 그 까닭을 알고자 하였다. 이에 당나라에 잡혀 있던 신하가 '천왕사를 창건하고, 황제의 만년수를 빌고 있다.'고 둘러댔다. 이에 고종은 기뻐서 악붕귀(樂鵬龜)라는 신하를 신라에 보내 그 절을 살피게 한다. 문무왕은 당나라 사신이 올 것이라는 소식을 듣고, 천왕사를 보여주는 것이 마땅하지 않다고 생각했다. 그래서 그 남쪽에다 따로 새 절을 창건하고, 악붕귀에게는 거기

로 안내하였다. 그런데 눈치 빠른 악붕귀가 곧이들으려 하지
않았다.

   … 〈전략〉 …

   고종은 이 말을 듣고 크게 기뻐하여 곧 예부시랑(禮部侍
郎) 악붕귀(樂鵬龜)를 신라에 보내 그 절을 살펴보도록 하였
다. 왕은 당나라의 사신이 장차 올 것이라는 소실을 미리
듣고 이 절을 보여주는 것이 마땅하지 않다고 해서 따로
그 남쪽에 새 절을 짓고 기다렸다. 사신이 와서 말하기를,

   "먼저 황제를 축수(祝壽)하는 곳인 천왕사에 분향하겠습
니다."

   라고 하였다. 이에 그를 새 절로 인도해 보였더니, 그
사신은 문전에 서서

   "이것은 사천왕사가 아니고, 망덕요산(望德遙山)의 절이
다."

   라고 하면서 끝내 들어가지 않으므로, 국인(國人)이 금 1
천 냥을 주었다.

   그 사신이 본국에 돌아가 아뢰기를

   "신라에서는 천왕사를 지어 놓고 황제의 수명을 새 절
에서 축원합니다."

   라고 하였다. 당나라 사신의 이 말로 인해 망덕사(望德寺)

라고 하였다.

··· 〈후략〉 ···

- 『삼국유사』, 기이 제2(紀異第二), 문무왕법민(文武王法敏)

위의 이야기에서 보듯이 문무왕이 국가를 위해 마지막으로 사용한 방법은 뇌물을 주는 것이었다. 황금 1천 냥을 악붕귀에게 주었고, 그는 '신라 사람들이 황제의 장수를 빌고 있었다.'고 천연덕스럽게 보고하였다. 졸지에 짝퉁 사천왕사지가 망덕사(望德寺)가 된 것이다. 뇌물이 신라와 당나라의 운명을 바꾼 것이다.

죽어서도 동해 바다를 지키다

『삼국사기』와 『삼국유사』에는 문무왕이 그 유언에 따라 동해의 큰 바위 위에 장사지냈다고 되어 있다. 『삼국유사』에서는 "죽은 뒤에 호국대룡(護國大龍)이 되어 불법을 받들고 나라를 수호하고자 한다."는 의지가 명확히 나타나지만, 『삼국사기』에는 그 까닭이 잘 나타나 있지 않다. '세속에서는 왕이 용으로 변했다고 한다.'라고 적고 있다.

민간에서 용은 물을 관장하는 수신(水神)이자 풍파와 물고기들을 다스리는 바다의 신으로 숭배된다. 마을마다 우물이나 샘에 용신이 거주한다고 여기고 용왕굿이나 용신제(龍神祭)를 지

65

냈다. 농업에서 용은 생명과 풍요를 주재하는 자연신으로 숭배되었고, 어업에서는 물고기와 파도를 다스린다고 여겼다. 용은 해신(海神)이자 바람을 다스리는 풍신(風神)인 셈이다.

문무왕은 죽어 화장(火葬)을 한 것으로 보인다. 그런데 『삼국유사』에 "동해 중의 큰 바위에 장사 지냈다."는 내용으로 보아 화장을 해서 동해에 뿌린 것인지는 확실하지 않다. 다만, 문무왕은 죽어 동해의 용이 되어서라도 국가와 백성을 위하고자 했던 의지가 강했던 것만은 확실해 보인다.

경주시 양북면 바닷가의 대왕암은 문무왕이 죽고 그의 유언에 따라 화장하여 안치한 해중 왕릉이라 알려져 있다. 멀리서 보면 평범한 바위섬이지만, 가까이 다가가 보면 바위 한가운데가 못처럼 패어 있고 둘레에 자연암석이 기둥 모양으로 일정한 간격을 두고 세워진 모습이다. 못 안의 물은 돌을 약간 덮을 정도이며, 거센 파도에 아랑곳없이 항상 맑고 잔잔히 흐르도록 되어 있다. 동서남북 사방으로 트인 십자형의 수로를 통하여 동쪽으로 들어온 물이 서쪽으로 난 수로의 턱을 천천히 넘어 다시 바다로 흘러나간다. 이곳 대왕암은 오래전부터 문무왕의 시신을 화장한 납골을 뿌린 산골처로 알려져 왔으며, 주변 어부들은 이미 이곳을 신성하게 여겨 근처에도 잘 가지 않았다고 한다.

그런데 '나라를 지키는 용'은 불교적 입장에서 보자면 '해탈

하지 못하고 윤회를 거듭해야 하는 존재'일 뿐이다. 삼국을 통일 했지만, 백성들에게 고통을 주었고, 자기 자신도 호국 관념에서 벗어날 수 없는 존재이기에 스스로 바다 속에서 그 고통을 불법(佛法)으로 씻고 있는지도 모를 일이다.

〈문무대왕릉(文武大王陵)〉

경상북도 경주시 양북면 봉길리에 있는 신라 제30대 문무왕의 수중릉. '대왕암'이라고도 부르는데, 해변에서 200m 떨어진 바다에 있다.(사진 출처 : 문화재청)

〈경주 동궁과 월지(慶州 東宮 月池)〉

경북 경주시 인왕동에 있는 신라 왕궁의 별궁(別宮). 월지 서쪽 부근
으로 추정되며, 문무왕(文武王)이 삼국통일을 기념하여 완성한 것
이다.(사진 출처 : 문화재청)

〈사천왕사지(四天王寺址)〉

경상북도 경주시 배반동에 있는 신라의 절터. 신라가 삼국을 통일
한 후 가장 먼저 지은 절로 쌍탑식 가람 배치를 갖추고 있다. (사진
출처 : 문화재청)

5 세상의 파도를 잠재우는 동해의 보물
- 만파식적

　　제31대 신문대왕(神文大王)의 이름은 정명(政明)이며, 성은 김씨다. 개요(開耀) 원년 신사(辛巳) 7월 7일에 왕위에 올랐다. 부왕(聖考)인 문무대왕(文武大王)을 위해 동해 가에 감은사(感恩寺)를 세웠다.[절에 있는 기록에는 이런 말이 있다. 문무왕이 왜병을 진압하고자 이 절을 처음으로 짓다가 다 끝마치지 못하고 죽어 바다의 용이 되었다. 그 아들 신문왕이 왕위에 올라 개요 2년(682)에 끝마쳤다. 금당 섬돌 아래에 동쪽을 향해 구멍 하나를 뚫어 두었는데, 이는 용이 들어와서 서리고 있게 하기 위해서였다. 대개 유언으로 유골을 간직한 곳을 대왕암(大王岩)이라고 하고, 절을 감은사라고 이름했으며, 뒤에 용이 나타난 것을 본 곳을 이견대(利見臺)라고 하였다.]

　　이듬해 임오(壬午) 5월 초하루[어떤 책에는 천수(天授) 원년(690년)이라고 했으나 잘못이다]에 해관(海官) 파진찬(波珍

渝) 박숙청(朴夙淸)이 아뢰기를,

"동해 중의 작은 산 하나가 물에 떠서 감은사를 향해 오는데, 물결을 따라서 왔다 갔다 합니다"

라고 하였다. 왕은 이를 이상히 여겨 일관(日官) 김춘질(金春質)[또는 춘일(春日)]에게 점을 치도록 하였다. 그가 아뢰기를,

"돌아가신 부왕께서 지금 바다의 용이 되어 삼한(三韓)을 수호하고 있습니다. 또 김공유신(金公庾信)도 33천의 한 아들로서 지금 인간 세상에 내려와 대신이 되었습니다. 두 성인이 덕을 같이 하여 나라를 지킬 보배를 내어주려 하시니, 만약 폐하께서 해변으로 나가시면 값으로 계산할 수 없는 큰 보배를 반드시 얻게 될 것입니다"

라고 하였다. 왕이 기뻐하여 그 달 7일에 이견대로 행차하여 그 산을 바라보면서 사자를 보내 살펴보도록 했더니, 산의 형세는 거북의 머리 같고, 그 위에는 한 줄기 대나무가 있는데, 낮에는 둘이 되고 밤에는 합하여 하나가 되었다[일설에는 산도 역시 밤낮으로 합치고 갈라짐이 대나무와 같았다고 한다].

사자가 와서 그것을 아뢰니, 왕은 감은사로 가서 유숙하였다. 이튿날 오시(午時)에 대나무가 합하여 하나가 되고, 천지가 진동하며 비바람이 몰아쳐 7일 동안이나 어두

왔다. 그 달 16일이 되어서야 바람이 잦아지고 물결도 평온해졌다. 왕이 배를 타고 그 산에 들어가니, 용이 검은 옥대(玉帶)를 가져다 바쳤다. 왕이 영접하여 함께 앉아서 묻기를,

"이 산과 대나무가 혹은 갈라지기도 하고 혹은 합해지기도 하는 것은 무엇 때문인가?"

라고 하였다. 용이 대답하기를,

"이것은 비유하자면, 한 손으로 치면 소리가 나지 않고, 두 손으로 치면 소리가 나는 것과 같아서, 이 대나무라는 물건은 합한 후에야 소리가 납니다. 성왕(聖王)께서는 소리로써 천하를 다스릴 좋은 징조입니다. 대왕께서 이 대나무를 가지고 피리를 만들어 불면 천하가 화평할 것입니다. 이제 대왕의 아버님께서는 바다 속의 큰 용이 되셨고, 유신은 다시 천신(天神)이 되셨는데, 두 성인이 같은 마음으로, 이처럼 값으로 따질 수 없는 보배를 보내 저를 시켜 이를 바치는 것입니다"

라고 하였다.

왕은 놀라고 기뻐하여 오색 비단과 금과 옥으로 보답하고 사자를 시켜 대나무를 베어서 바다에서 나오자, 산과 용은 갑자기 사라져 나타나지 않았다.

왕이 감은사에서 유숙하고, 17일에 기림사(祇林寺) 서쪽

냇가에 이르러 수레를 멈추고 점심을 먹었다. 태자 이공(理恭)[즉 효소대왕(孝昭大王)]이 대궐을 지키고 있다가 이 소식을 듣고는 말을 달려와서 하례하고 천천히 살펴보고 말하기를,

"이 옥대의 여러 쪽들이 모두 진짜 용입니다"

라고 하였다. 왕이 말하기를,

"네가 어떻게 그것을 아는가?"

라고 하셨다. 태자가 아뢰기를,

"쪽 하나를 떼어서 물에 넣어보면 아실 것입니다"

라고 하였다. 이에 왼쪽의 둘째 쪽을 떼어 시냇물에 넣으니 곧 용이 되어 하늘로 올라가고, 그곳은 못이 되었다. 이로 인해 그 못을 용연(龍淵)으로 불렀다. 왕이 행차에서 돌아와 그 대나무로 피리를 만들어 월성(月城)의 천존고(天尊庫)에 간직하였다. 이 피리를 불면, 적병이 물러가고 병이 나으며, 가뭄에는 비가 오고 장마는 개며, 바람이 잦아지고 물결이 평온해졌다. 이를 만파식적(萬波息笛)으로 부르고 국보로 삼았다. 효소왕대에 이르러 천수(天授) 4년 계사(癸巳)에 실례랑(失禮郞)이 살아 돌아온 기이한 일로 해서 다시 만만파파식적(萬萬波波息笛)이라고 하였다. 자세한 것은 그 전기에 보인다.

- 『삼국유사』, 기이 제2(紀異第二), 만파식적(万波息笛)

향삼죽(鄕三竹)도 역시 신라(新羅)에서 시작되었으나, 누가 만들었는지 알 수 없다.

고기(占記)에 이르기를, "신녀왕(神女王, 神文王) 때 동해(東海) 가운데 홀연히 한 작은 산이 나타났는데, 형상이 거북머리와 같았다. 그 위에 한 줄기의 대나무가 있어, 낮에는 갈라져 둘이 되고 밤에는 합하여 하나가 되었다. 왕이 사람을 시켜 베어다가 적(笛)을 만들어, 이름을 만파식(萬波息)이라고 하였다." 한다. 비록 이런 말이 있으나 괴이하여 믿을 수 없다.

… 〈후략〉 …

– 『삼국사기』, 잡지(雜志), 악(樂)

신문왕과 만파식적

신라 제31대 왕인 신문왕(神文王, 재위: 681년~692년)은 문무왕의 아들로, 665년에 태자가 되었다. 678년부터 왕태자 신분으로 대리청정을 하였으며, 681년 문무왕이 사망하면서 왕위에 올랐다. 삼국 통일 후 국내 통치 기반을 굳혀 왕권 강화에 노력하였다.

신문왕은 선왕인 문무왕을 위해 감은사(感恩寺)를 지었다. "은혜를 고맙게 여겨서 세운 절"이라는 뜻의 감은사는 본디 문무왕이 지으려던 절이었다. 삼국을 통일한 문무왕은 해변에 절을 세워 불력(佛力)으로 왜구를 격퇴시키려 했으나 절이 완공되기 전에 위독하게 되었다. 문무왕은 "죽은 뒤에 호국대룡(護國大龍)이 되어 불법을 받들고 나라를 수호하고자" 하였다. 이에 신문왕이 부왕의 뜻을 받들어 왕위에 오른 지 2년 만에 절을 완공한 것이다. 또한 절을 완공하면서 금당 섬돌 아래에 굴을 파서 용으로 변한 문무왕이 해류를 타고 출입할 수 있도록 세심한 배려를 아끼지 않았다.

문무왕이 돌아가신 바로 그 다음해 문무왕의 유골을 간직한 대왕암(大王岩)에서는 기이한 일이 일어난다. 용이 된 문무왕과 천신이 된 김유신이 신문왕에게 보물을 선물하는데, 만파식적(萬波息笛)이 그것이다. '피리를 불면, 적병이 물러가고 병이 나으며, 가뭄에는 비가 오고 장마는 개며, 바람이 잦자지고 물결이 평온해진다.'는 만파식적은 신비한 대나무로 만든 피리로 국보가 되어 천존고(天尊庫)에 보관 되었다.

그러다가 신라 재32대 왕인 효소왕(孝昭王, 재위 : 687~702) 대에 만파식적을 잃어버리는 사건이 발생한다. 『삼국유사』의 기록에 의하면 대현(大玄) 살찬(薩湌)의 아들 부례랑(夫禮郎)이 천수 3년(692)에 화랑이 되어 1천 명의 무리를 거느렸는데, 천수 4년에 적적(狄賊 ; 말갈족으로 여겨짐)에게 잡혀가는 사건이 발생한다. 이때 상서로운 구름이 천존고를 덮었는데, 창고 안에 있던 거문고와 피리 두 보물이 없어져 버린 것이다. 그의 양친이 백율사(栢栗寺)

에서 기도를 드리자 만파식적을 쪼개 타고서 친구인 안상과 함께 돌아왔다. 이후 만만파파식적(萬萬波波息笛)이라고 하였다.

문무왕은 평생의 과업이던 통일국가를 지키기 위해 죽어서 용이 되길 원했고, 그의 아들 신문왕은 그 용이 머물 수 있도록 감은사를 지어 선왕의 유지를 이은 것이다. 그리고 그들이 원했던 강력한 왕권의 상징물로 만파식적이 등장하고 있다.

내부의 적

삼국통일은 이루었지만 "여러 어려운 고생을 무릅쓰다가 고치기 어려운 병에 걸렸고, 정치와 교화에 근심하고 힘쓰느라고 다시 심한 병이 되어" 삶을 마감한 문무왕은 죽어서도 "불법을 받들고 나라를 수호하고자" 동해의 용이 되고자 하였다.

이러한 문무왕의 우려스러움이 현실이 되어버렸는지 신문왕은 즉위 초부터 커다란 곤경에 빠진다. 왕위에 오른 지 한 달 만에 장인(丈人)인 김흠돌(金欽突)이 반란을 일으킨 것이다. 김흠돌의 모반 사건은 신라 중대에 있었던 충격적인 정치적 사건 중 하나인데, 이 사건을 계기로 왕권을 강화하는 여러 시도들이 이루어진다. 김흠돌 난의 원인에 대해서는 삼국통일전쟁 과정에서 세력을 키운 일부 무장(武將) 세력을 통일 후에 정치적으로 억압하려 한 것에 대한 반발이었다는 견해도 있고, 관료제를 기반으로 하여 전제왕권을 지향하는 무열왕계의 정책에 대한 진골귀족들의 반발이었다는 등의 다양한 견해가 있지만, 결과적으로 왕의 위신은 말이 아니었다.

이에 왕은 이찬(伊飡) 군관(軍官)을 죽이면서 교서(教書)를 내렸는데, 그 내용은 다음과 같다.

"임금을 섬기는 규범은 충(忠)을 다하는 것을 근본으로 삼고, 관직에 있는 의리는 둘이 없음(不二)을 으뜸으로 여긴다. 병부령(兵部令) 이찬 군관은 반열 순서에 의해 마침내 높은 자리에 올랐다. 그런데도 자신의 부족한 부분을 보완하여 조정에 깨끗한 절개를 바친다거나 목숨을 버리고 몸을 잊어 사직에 굳은 정성을 표현하지 못하고 적신(賊臣) 김흠돌 등과 교섭하여 반역 도모를 미리 알았으면서도 일찍이 고하지 않았다. 이미 나라를 걱정하는 마음이 없고 또한 공사(公事)를 따르려는 뜻이 끊어졌는데 어찌 거듭 재상의 자리에 두고서 함부로 법을 흐리게 하겠는가. 마땅히 무리들과 함께 처형하여 후진에게 경계로 삼도록 하겠다. 군관과 그의 맏아들은 스스로 목숨을 끊도록 할 것이니, [이 사실을] 전국에 공포하여 모두가 알게 하라."

– 『삼국사기』, 신라본기(新羅本紀), 신문왕(神文王)

'역모의 사실을 알면서도 일찍이 알리지 않았다.'는 죄목을

적용하였는데, 신하들이 자신들의 책무를 다하지 못한다고 줄곧 꾸짖으면서 군관의 목을 베는 것으로 경계하겠다는 뜻을 피력하였다.

문무왕이 오랜 세월 동안 바깥의 적들을 상대하여 통일을 이루었다. 하지만 그것으로 모든 것이 끝난 것은 아니었다. 백제와 고구려가 멸망한 사례에서도 볼 수 있듯이 밖에 있는 적들보다는 안에 있는 적들이 더 무섭고 두려운 존재들이다. 김흠돌의 반란 사건은 바로 신라 내부에 적이 존재하고 있음을 보여주는 사례인 셈이다.

조화와 공존을 위한 피리

신문왕은 동해의 작은 산에서 낮에는 둘이 되고 밤에는 합하여 하나가 되는 대나무를 발견한다. 일설에는 대나무가 자라는 산도 둘이 되었다가 하나가 되는 것은 마찬가지였다고 한다. 어찌되었든 왕은 신묘한 대나무를 얻기 위해 산에 들어가게 되는데, 용이 나타나 옥대(玉帶)를 바친다. 이 때 왕은 산과 대나무가 갈라지고 혹은 합해지는 까닭이 무엇이냐고 묻는다. 이 용은 "한 손으로 치면 소리가 나지 않고, 두 손으로 치면 소리가 나는 것과 같다."라고 답한다. 대나무는 둘이 아닌 하나가 되었을 때 소리가 나는 것이라고 하면서 왕이 소리로써 천하를 다스린다고 한다. 그리고 문무왕과 김유신이 "같은 마음으로"

보낸 것이라 말한다.

둘이 아닌 하나로 합쳐졌을 때 나는 소리, 그리고 둘이 하나가 되어 통일 대업을 이룩한 문무왕과 김유신, 이것들이 의미하는 바는 무엇일까? 그것은 바로 지배층의 화합일 것이다. 나아가 지배층과 백성들과의 조화일 것이다.

만파식적(萬波息笛)은 '온갖 파도를 잠재우는 피리'라는 뜻이다. 온갖 파도란 초기 통일 신라가 가지고 있을 수밖에 없는 혼란 등을 의미한다고 할 때 이러한 어려움을 왕은 소리로써 다스려야 한다. 만파식적은 왕이 혼란스러운 천하를 다스릴 때 사용하는 악기인 셈이다. 그런데 피리는 잘 불어야 한다. 잘 불어야 한다는 의미는 아무렇게나 소리를 낸다고 해서 음악이 되는 것이 아니라는 뜻이다. 아무렇게나 소리를 낸다면 그 것은 소음이다. 이는 또 다른 고통일 뿐이다.

이렇게 본다면 만파식적이 갖는 의미는 명확하다. 바로 왕과 신하, 그리고 지배층과 백성이 서로 하나가 되었을 때 서로 어울러 살아가는 아름다운 세상(음악)을 만들 수 있고, 그것이 바로 세상의 온갖 파도를 잠재울 수 있는 강력한 무기라는 것이다. 문무왕과 김유신이 바라는 것이 바로 지배층의 화합과 백성과의 조화, 그리고 이들의 공존이었던 셈이다.

깨닫지 못한 징표

신문왕이 동해의 작은 산에서 얻은 것은 만파식적만이 아니다. 또 다른 귀중한 것을 얻었으니 그것이 바로 용에게서 받은 '옥으로 만든 띠'이다. 그런데 신문왕은 이 옥대가 가지고 있는 의미를 몰랐다.

왕이 대나무를 베어 나온 후 감은사에서 하룻밤 묵고는 기림사(祇林寺) 쪽으로 갔다. 왕이 기림사 서쪽 시냇가에 수레를 멈추고 점심을 먹고 있을 때 대궐을 지키고 있던 태자가 와서 옥대를 살펴본다. 그리고는 옥대의 눈금들이 모두 진짜 용임을 알아낸다. 옥대의 눈금 하나를 떼어 물에 넣자 용이 되어 하늘로 올라갈 때까지 왕은 눈앞에 있는 용을 알아보지 못했다.

김흠돌의 모반 사건도 마찬가지다. 왕은 모반 사건을 정리하면서 교서를 내리는데, 교서 그 어디에도 왕이 자신의 허물을 탓하는 말은 나오지 않는다.

16일에 교서를 내렸다.

공이 있는 자에게 상을 주는 것은 옛 성인의 좋은 규범이고, 죄가 있는 자에게 벌을 주는 것은 선왕의 훌륭한 법이다. 과인이 외소한 몸, 볼품없는 덕으로 숭고한 기틀을 받아 지키느라 먹을 것도 잊고 아침 일찍 일어나 밤늦게 잠들며 여러 중신들과 함께 나라를 편안케 하려 하였다.

그런데 어찌 상복(喪服)도 벗지 않은 때에 경성에서 난이 일
어나리라 생각했겠는가? 적괴의 우두머리 김흠돌, 김홍
원, 진공 등은 벼슬이 자신의 재주로 오른 것이 아니고, 관
직은 실로 성은(聖恩)으로 오른 것인데도, 처음부터 끝까지
삼가하여 부귀를 보전하지 못하였도다.

　… 〈중략〉 …

　일이 부득이 했으나 사람들을 놀라게 하였으니 근심스
럽고 부끄러운 마음을 어찌 한시라도 잊으리오. 이제 요망
한 무리들이 숙청되어 먼 곳이나 가까운 곳이나 근심이 없
게 되었으니 소집한 병사와 말들을 빨리 돌려보내도록 하
라. 사방에 공포하여 [나의] 이러한 뜻을 알게 하라."

– 『삼국사기』, 신라본기(新羅本紀), 신문왕(神文王)

　왕은 교서를 통해 "요망한 무리들이 숙청되어 먼 곳이나 가
까운 곳이나 근심이 없게 되었다."고 하였다. 이는 당시 상황들
을 올바로 보지 못함을 드러내고 있는 것이다. 마치 눈앞에 있
는 옥대가 진짜 용이라는 것을 몰랐듯이.

　신문왕은 내외적으로 많은 어려움을 겪게 된다. 이러한 어
려움을 이겨내는 것은 결국 왕과 신화, 그리고 백성이 함께 합
해져서 내는 아름다운 소리라는 것을 신문왕은 알아채지 못한
것 같다. 신문왕은 반란이 일어났을 때 먼저 자신을 돌아봤어

야 했다.

　문무왕은 평생의 과업이던 통일국가를 지키기 위해 죽어서
도 용이 되어 동해를 지키길 원했다. 그리고 그의 아들 신문왕
은 그 용이 머물 수 있도록 감은사를 지어 선왕의 유지를 잇는
다. 신문왕에게 신비의 피리 만파식적을 전해줬다는 것은 신문
왕의 적통성을 확인시키며 중요한 통치기반이 된다. 그와 함께
문무왕과 김유신은 '하나됨이 가장 강력한 무기'라는 사실도 알
려줬다. 어쩜 만파식적은 평화롭고 조화로운 세상을 꿈꿨던 민
중들이 왕에게 '자신부터 돌아보고', '백성과 함께 하여야 한다.'
는 소리를 간직한 악기가 아닌지 모르겠다.

〈경주신문왕릉(慶州神文王陵)〉
경상북도 경주시 배반동에 있는 신문왕의 능. 석축을 지탱하기 위
해 44개의 호석을 설치하였는데, 왕릉에 십이지신상을 새긴 호석
이 나타나기 전 단계의 것이다.(사진 출처 : 문화재청)

〈이견대(利見臺)〉
경상북도 경주시 감포읍 대본리에 있는 신라시대의 유적. 바다의
용이 되어 나라를 지키겠다고 한 문무왕이 용으로 변한 모습을 보
았다는 곳이다.(사진 출처 : 문화재청)

〈감은사지동서삼층석탑(感恩寺址東西三層石塔)〉
경상북도 경주시 양북면 용당리 감은사지에 있는 통일신라시대의
석탑 2기. 죽은 후 나라를 지키는 용이 되겠다는 문무왕의 뜻을 받
들어 신문왕이 완성하였다.(사진 출처 : 문화재청)

6

동아시아 바다를 지배한 비극적 영웅
- 장보고

제45대 신무대왕(神武大王)이 왕위에 오르기 전에 협사(俠士)인 궁파(弓巴)에게 말하기를,

"나는 같은 하늘 아래 살 수 없는 원수가 있다. 네가 나를 위해 능히 그를 제거해 준다면 왕위를 차지한 후에 그대의 딸을 취하여 왕비로 삼겠다"

라고 하였다. 궁파는 이를 허락하고, 마음과 힘을 같이하여 군대를 일으켜 경사(京師)로 쳐들어가서 그 일을 이루었다. 이미 왕위를 빼앗고 궁파의 딸을 왕비로 삼으려고 했으나 여러 신하들이 극히 간하여 말하기를,

"궁파는 미천한 출신이니 왕께서 그 딸을 왕비로 삼는 것은 불가합니다"

라고 하였다. 이에 왕이 그 말을 따랐다. 이 무렵 궁파는 청해진(淸海鎭)에 있으면서 군진을 지키고 있었는데, 왕이 약속을 어긴 것을 원망하여 반란을 모의하려 하였다.

이때 장군 염장(閻長)이 이 말을 듣고 아뢰기를,

"궁파가 장차 충성스럽지 않은 일을 하려 하니 소신이 청하건대 그를 없애겠습니다"

라고 하니, 왕이 기뻐하여 이를 허락하였다.

염장은 왕의 뜻을 받들어 청해진으로 가서 사람을 통해 말하기를,

"나는 이 나라의 임금에게 작은 원한이 있기에 명공에게 의지해 신명을 보전하려고 합니다"

라고 하였다. 궁파가 그 말을 듣고 크게 노하여 말하기를,

"너희 무리들이 왕에게 간하여 나의 딸을 폐하게 하고서 어찌 나를 보려고 하느냐"

고 하였다. 염장이 다시 [사람을] 통하여 말하기를,

"그것은 백관(百官)들이 간한 것입니다. 나는 그 논의에 참여하지 않았으니 명공께서는 의심하지 말아 주십시오"

라고 하였다. 궁파가 이 말을 듣고 청사에 불러들여서 말하기를,

"경(卿)은 무슨 일로 여기까지 왔는가"

라고 하니, 염장이 말하기를,

"왕에게 거스른 일이 있어 공의 막하(幕下)에 의탁해 해를 면하려 합니다"

라고 하였다. 궁파가 말하기를,

"잘 왔다"

라고 하며 술자리를 마련하여 매우 기뻐하였다. [이때]
염장이 궁파의 장검(長劍)을 취하여 그를 베었다. 휘하의 군
사들이 모두 놀라고 두려워하며 모두 땅에 엎드렸다. 염장
이 (군사들을) 경사로 이끌고 와서 복명(復命)하여 말하기
를,

"이미 궁파를 베었습니다"라고 하였다. 왕이 기뻐하면
서 그에게 상을 주고 아간(阿干) 벼슬을 주었다.

- 『삼국유사』, 기이 제2(紀異第二), 신무대왕(神武大王) 염장(閻長) 궁파(弓巴)

장보고(張保皐)[신라본기에는 궁복(弓福)으로 썼다]와 정년
(鄭年)[연(年)은 혹은 연(連)으로 썼다]은 모두 신라 사람이다.
다만 [그들의] 고향과 아버지와 할아버지는 알 수 없다. [두
사람] 모두 싸움을 잘하였는데, [정]년은 또 바다 속에서 잠
수하여 50리를 다녀도 숨이 막히지 않았다. 그 용맹과 씩
씩함을 비교하면, [장]보고가 [정년에게] 조금 미치지 못하
였다. [그러나] [정]년이 [장]보고를 형으로 불렀다. [장]보고
는 나이로, [정]년은 기예로 항상 서로 맞지 않아 서로 아
래에 들지 않으려 하였다. 두 사람은 당나라에 가서 무령
군소장(武寧軍小將)이 되어 말을 타고 창을 사용하는데, 대적

할 자가 없었다.

후에 [장]보고가 귀국하여 [흥덕]대왕을 뵙고,

"중국을 두루 돌아보니, 우리나라 사람들을 노비로 삼고 있습니다. 바라건대, 청해(淸海)에 진영을 설치하여 도적들이 [우리나라] 사람을 붙잡아 서쪽으로 데려가지 못하게 하십시오."

라고 아뢰었다. 청해는 신라 해로의 요충지로, 지금[고려]은 그곳을 완도(莞島)라 부른다.

[흥덕]왕이 [장]보고에게 [군사] 만 명을 주었다. 이후 해상(海上)에서 우리나라 사람을 파는 자가 없었다.

[장]보고가 이미 귀하게 되었을 때, [정]년은 [당나라에서]관직에서 떨어져 굶주림과 추위에 시달리며 사수(泗水)의 연수현(漣水縣)에 살고 있었다. 어느 날 수비하는 장수 풍원규(馮元規)에게,

"내가 동으로 돌아가서 장보고에게 걸식하려고 한다."

고 말하였다. 원규가,

"그대와 [장]보고의 사이가 어떠한가? 어찌하여 가서 그 손에 죽으려 하는가?"

라고 하였다. [정]년은,

"굶주림과 추위로 죽는 것은 전쟁에서 깨끗하게 죽는 것만 같지 못하다. 하물며 고향에 가서 죽는 것이랴?"

라고 말하였다. 마침내 [그곳을] 떠나 [장]보고를 찾아 뵈었다. [장보고가] 그에게 술을 대접하여 극히 환대하였다.

술자리가 끝나기 전에 [희강]왕이 시해되어 나라가 어지럽고 임금의 자리가 비었다는 소식을 들었다. [장]보고가 군사를 나누어 5천 명을 [정]년에게 주며, [정]년의 손을 잡고 눈물을 흘리면서,

"그대가 아니면 환란을 평정할 수 없다."

고 말하였다. [정]년이 왕경에 들어가 반역자를 죽이고, [신무]왕을 세웠다. [신무]왕이 [장]보고를 불러 재상으로 삼고, [정]년으로 대신 청해를 지키게 하였다[이것은 신라의 전기(傳記)와는 매우 많이 다르나, 두목(杜牧)이 전(傳)을 지었기 때문에 둘 다 남겨 둔다].

··· 〈후략〉 ···

- 『삼국사기』, 열전(列傳), 장보고(張保皐)

··· 〈전략〉 ···

염장군하고 송장군하고 둘이 세력 다툼을 했다 그거지요. 그래 엄장군은 여건네 갈옹리 우게 있는 그 엄숙골에가 살았고 송장군은 그 말허자면 거그 저 장도에가 살았는데 긍께 엄장군이 본래는 송장군의 부하라. 그런데 그 엄장군이 배신해가지고 있는 것을 송장군이 규탄을 나가니

까 그러면 규탄하기 전에 먼저 비여야 되것다 이렇게 해가
지고는 이제 엄장군이 송장군 자고 있는새 밤에 새벽에 거
그를 침입을 했다 말임니다. 그 기맥을 알고 송장군이 까
투리, 까투리말이여 있지 않읍니까? 그 까투리가 되여가
지고는 저 건네 가투린여라고 있어요. 산지면 앞에 솔섬
옆에가 가트린여라고 거 서 섬이 하나 있어요. 그보고 지
금 가트린여라고 그란데 왜 그 가트린여라고 그랬냐 헐티
며는 그 송장군이 가투리가 되갖고 그리 날라 갔어요. 그
러니까는 이 장소에서 활을 쏴서는 가투리에가 있는 송장
군을 쏴서 죽다 그거요. 얼른 말하자면 과거부터 내려온
역사가 그래. 그걸 딱 죽에 놓고 보니까는 해가 막 떴다 그
래서 제사를 아침 지난 뒤에 해가 뜨며는 꼭 두시간에 지
낼 수가 있다. 그래서는 거 아침 해뜨기 전에 꼭 그렇게 모
시게 되었어요. 송장군이 아까 말했던 송징 장군이고 엄장
군이란건 엄목 장군이라고 있었어요. 그래서 그 엄목장군
의 이름을 따서 지금 현 죽청리가 엄목리입니다. 당제는
열나흘날 밤에 지내요.

  … 〈후략〉 …

              – "장좌리 당제 유래", 『구비전승자료(전남 · 북도)』
                          (문화재연구소, 계문사, 1987.)

장보고

신라의 무장(武將)으로 청해진(淸海鎭)을 설치하여 당나라와 신라, 일본을 잇는 해상무역을 주도한 인물 장보고(張保皐, ?~846). 그의 출생과 부모 등에 관해서는 알려진 바 없다. 다만, 신라 제46대 왕이었던 문성왕(文聖王, 재위 : 839~857)이 장보고의 딸을 두 번째 왕비로 맞이하려 할 때 신하들이 "지금 궁복은 섬사람인데 어찌 그 딸을 왕실의 배필로 삼으려 하십니까?(今弓福海島人也, 其女豈可以配王室乎.『삼국사기』, 신라본기, 문성왕)"라는 기록이나, 어린 시절을 함께 보낸 정년(鄭年)이 고향으로 돌아간다며 청해진으로 온 부분("굶주림과 추위로 죽는 것은 전쟁에서 깨끗하게 죽는 것만 같지 못하다. 하물며 고향에 가서 죽는 것이랴?"라고 말하였다. 마침내 [그곳을] 떠나 [장]보고를 찾아 뵈었다. "饑寒死, 不如兵死快. 況死故鄕耶." 遂去謁保皐.『삼국사기』, 열전, 장보고) 등을 고려해 보면 그의 고향은 청해진이 설치되었던 완도 근처인 것으로 추정된다.

원래의 이름은 '궁복(弓福)'으로 전해지며,『삼국유사』에는 '궁파(弓巴)'라고 기록하고 있다.『삼국사기』에는 "말을 타고 창을 쓰는 데 대적할 자가 없다."라고 기록하고 있어 그의 무예가 뛰어났음을 보여준다.

미천한 신분 탓인지 장보고는 신라가 아닌 당나라에서 무령군소장(武寧軍小將)이라는 벼슬을 하게 된다. 이 무렵 장(張)이란 성을 취하고 이름을 보고(保皐)로 개칭한 것으로 보이는데, 일본 측 기록에는 '장보고(張寶高)'로 되어 있다. 당나라의 감군 정책이 시행되자, 군직을 버리고 무역업에 종사한 것으로 보이는데, 중국 산동성(山東省) 적산포(赤山浦)에 법화원(法花院)을 창건하였다. 이 때 장보고는 신라 사람들이 해적에게 붙잡혀와 노예로 팔리는 것을 수없이 목격한 것으로 보인다.

828년 신라에 귀국한 장보고는 흥덕왕(興德王, 재위 826~836)에게 "도적들이 신라 사람들을 붙잡아가지 못하도록" 청해(淸海)에 진(鎭)을 설치하도록 요청하였고, 흥덕왕은 군사 1만 명을 주면서 완도에 청해진을 설치하였다. 청해진은 당과 일본, 신라의 해상무역을 주관하는 해상왕국의 본거지가 되었다.

836년에 흥덕왕이 죽은 후 신라에서는 왕위 쟁탈전이 벌어졌는데, 장보고는 김우징을 신문왕(神武王)으로 즉위시킨다. 문성왕 7년 745년에는 딸을 문성왕의 차비(次妃)로 들이려고 했으나 진골귀족의 반대에 부딪혀 실현되지 않았다. 이에 반란을 꾀하였다가 846년 문성왕이 보낸 자객(刺客) 염장(閻長)에게 피살되었다.

해상 왕국의 본거지 청해진

전남 완도 장좌리 마을 앞바다에는 전복을 엎어놓은 듯 둥글넓적한 조그마한 섬이 하나 있다. 밀물 때는 섬이 되지만, 물이 빠지는 썰물이 되면 육지와 연결되는 섬, 바로 청해진의 본거지로 추정되고 있는 '장도(將島)'다.

장도에는 섬 입구에서부터 남쪽 해변 선착장까지 해안을 따라 약 330m의 목책(木柵)이 설치되어 있다. 지금까지 발견된 목책은 모두 1,000여개인데, 직경 40~80cm 크기의 소나무로 만든 통나무가 해안을 따라 일렬로 촘촘하게 땅속에 묻혀 있다. 갯벌에 묻혀 있던 목책이 세상에 모습을 드러낸 것은 지난 1959년 태풍 사라호가 장도의 바다를 뒤집어 놓으면서였다. 하지만 당시에는 아무도 청해진의 유물이라고는 생각조차 못했다. 방사성탄소연대측정을 통해 접안시설로 사용된 것으로 보이는 신라시대의 인위적 시설물임을 확인한 것이다.

장보고가 청해진을 만든 시기는 흥덕왕 3년(828년)이다. 장보고가 오늘날의 완도인 청해에 진을 만든 이유로『삼국사기』에서는 "도적들이 우리나라 사람들을 붙잡아 서쪽으로 데려가 노비로 팔아먹지 못하게 함"을 들고 있다. 그런데 조금 당황스러운 것은 왕이 바로 이에 응해 군사 1만을 내 주고 진(鎭)의 설치를 허락한다는 점이다. 이에 대해『삼국사기』신라본기 흥덕왕 3년 4월조에는 "졸병 1만 명을 이끌고 청해에 진을 세웠다(以卒萬人 鎭淸海)."고 기록하고 있다. 이 만인의 군졸은 신라 조정의 승인 하에 백성들로 군대를 조직하여 진을 설치한 것으로 보는 견해가 지배적이다. 그러함에도 골품제라는 엄격한 신분질서 속에서 출신 성분조차 알 수 없는 장보고에게 군대지휘권과 대사(大使) 직함까지 내리는 등의 대접을 한다는 것은 이해하기 힘든 부분이다.

이 부분은 장보고의 활동 부분을 살펴보아야 이해가 가능할 듯 싶다. 장보고는 재당시절 적산지방에서 경제적 기반을 마련하였으며, 당나라 무령군소장으로 있었던 823년에 적산법화원(赤山法華院)을 창건하였다. 이 사찰은 1년 수확량이 500섬이나 되는 토지를 기본재산으로 건립되었는데, 이후 적산법화원은 장보고 무역활동의 기반이 되었다. 아울러 일본 헤이안 시대의 승려인 엔닌(圓仁, 794~864)이 쓴 『입당구법순례행기(入唐求法巡禮行記)』에 824년 일본에 도착한 장보고가 엔닌을 배에 태워 당나라로 돌아갔다는 기록이 전하는 것으로 보아 그 이전부터 장보고는 당나라와 일본을 오가며 무역 활동을 벌이고 있었던 것으로 보인다. 이미 장보고의 해상활동은 당나라와 일본에까지 미치고 있었으며, 이러한 점은 신라도 익히 알고 있었을 것이다. 때문에 동아시아의 거부(巨富)인 장보고의 요청을 신라가 쉽게 거절하기 어려웠을 것으로 보이며, 그 과정에서 경제적, 군사적인 부분에 있어 상호간 모종의 거래가 있었을 것으로 여겨진다.

여하튼 청해에 진을 설치한 장보고는 해적 토벌뿐만 아니라 서남해 해상권을 장악하였다. 재일신라인 사회와 재당신라인 사회를 연결하는 무역망을 구축, 중계무역을 통해 엄청난 부를 축적하였다. 완도의 작은 섬에 자리한 청해진이 동아시아의 바다를 장악하는 해상왕국의 본고지로 자리매김한 것이다.

권력 싸움에 끼어들다

청해진을 본거지로 당나라와 신라, 일본 삼국에서 모두 국가 조직과 별도로 움직이던 독립 무역선단을 이끈 장보고는 이미 독립적인 막강한 권력을 가지고 있었다. 장보고에게 설진을 허락했던 흥덕왕이 아들이 없이 죽자, 흥덕왕의 사촌 동생인 상대등 김균정과 흥덕왕의 조카인 김제륭이 왕위를 두고 다투었다. 이 싸움에서 김균정이 죽고 김제륭이 희강왕이 되었고, 김균정의 아들 김우징은 가족과 함께 청해진으로 달아나 장보고에게 몸을 의탁했다. 왕실의 권력 다툼을 피해 몸을 맡길 수 있을 만큼 장보고의 청해진은 막강 권력을 갖고 있었던 것이다.

신라의 제43대 왕인 희강왕(僖康王, 재위 : 836~838)은 왕위에 오른 지 3년이 안 되어 김명과 김이홍 등의 반란으로 자결한다. 이어 김명이 민애왕(閔哀王, 재위 : 838~839)이 되었다. 이 소식을 들은 김우징은 장보고가 거절하기 힘든 솔깃한 제안을 한다. 자신의 아버지를 죽인 원수 민애왕을 제거해 달라는 것과 자신이 왕위를 차지하면 딸을 왕비로 삼겠다는 것이다. 이에 장보고는 군사를 이끌고 서라벌로 쳐들어갔고, 결국 신무대왕을 즉위 시켰다.

강력한 군사력과 경제력으로 동아시아의 해상무역을 장악

하고 그 영향력이 신라를 넘어서 중국과 일본에까지 미쳤던 장보고는 신분 상승을 꾀할 수 있는 기회를 놓치고 싶지 않았던 것이었을까? 아니면 또 다른 이유가 있었을까?

2월에 김양(金陽)이 병사를 모집하여 청해진(淸海鎭)으로 들어가 우징(祐徵)을 만났다. 우징은 청해진에 있으면서 김명(金明)의 왕위 찬탈 소식을 듣고, 청해진 대사 궁복(弓福)에게 말하기를,

"김명은 임금을 시해하고 스스로 즉위하였으며 이홍(利弘)도 임금과 아버지를 죽였으니, 한 하늘을 이고 살 수 없는 원수입니다. 원컨대 장군의 병사에 기대어 임금과 아버지의 원수를 갚고자 합니다."

라고 하였다. 궁복이 말하기를,

"옛 사람의 말에, 의(義)를 보고도 가만히 있는 것은 용기가 없는 것이라 하였습니다. 나는 비록 용렬(庸劣)하나 명령에 따르겠습니다."라 하고, 드디어 병사 5천 명을 내어 친구 정년(鄭年)에게 주고 말하기를,

"그대가 아니면 화란(禍亂)을 평정할 수 없다."

라고 하였다.

－『삼국사기』, 신라본기(新羅本紀), 민애왕(閔哀王)

"옛 사람의 말에, 의(義)를 보고도 가만히 있는 것은 용기가 없는 것이라 하였습니다. 나는 비록 용렬(庸劣)하나 명령에 따르겠습니다.(古人有言, 見義不爲, 無勇. 吾雖庸劣, 唯命是從)"라는 장보고의 말처럼 정말 의로움을 위해 용기를 낸 것인가? 그래 의로움을 위해 사사로운 감정을 추스르고 라이벌이었던 정년을 품었는지도 모른다.

장보고와 정년은 어린 시절부터 힘을 자랑하던 라이벌 관계였다. 정년에 비해 나이는 많았지만, 힘에서 밀렸던 장보고는 '나이'로 정년을 누르려 했고, 정년은 '기예'로 장보고에게 대들며 서로 아래에 들려하지 않았다. 그런데 훗날 장보고가 청해진 대사로 이름을 날릴 때 당나라에서 불우한 처지에 놓였던 정년이 장보고를 찾아 걸식하려고 한다. "어찌하여 그의 손에 죽으려 하는가?"하는 주변의 걱정을 뒤로하고 장보고를 찾는다. 그런데 정년을 맞이한 장보고는 뜻밖에 술을 대접하여 극히 환대해 주었다. 나아가 술자리가 끝나기도 전에 희강왕이 시해됐다는 소식을 듣고서 군사 5,000명을 정년에게 준다. "그대가 아니면 환란을 평정할 수 없다."는 말과 함께. 이 일을 두고 북송의 학자이면서 구양수(歐陽脩) 등과 함께 『신당서』를 편찬한 송기(宋祁, 998~1061)는 "서로 질투하지 않고 나라의 우환을 앞세운 것은 진(晉)나라에는 기해(祁奚)가 있고, 당(唐)나라에는 [곽]분양과 [장]보고가 있다.(不以怨毒相甚校勘, 而先國家之憂, 晋有祁奚, 唐

有汾陽·保皐)"고 하였다. 당나라의 곽분양(郭子儀, 697~781)은 안녹산 난이 일어나자 원수인 임회의 손을 잡고 "사사로운 분한을 품을 때가 아니다."라고 다독거리며 함께 난을 평정했던 인물이다.

여하튼 결국 청해진군은 민애왕을 죽이고, 김우징을 신무왕으로 즉위시켰다. 하찮은 섬사람이 신라의 왕을 바꾼 것이다. 그러나 신무왕은 왕위에 오른 지 6개월쯤 지나 등창으로 죽고, 문성왕이 왕위를 이었다. 왕위에 오른 문성왕은 장보고의 딸을 둘째 왕비로 맞이하려 했으나 신분을 문제 삼아 신하들이 반발한다. 왕을 바꿀 수 있는 권력을 가진 사람이지만 신분까지는 바꿀 수 없었던 모양이다.

어쨌든 장보고는 자기의 딸을 왕비로 들이지 아니한 것을 원망하여 청해진에서 반란을 일으켰다고 『삼국사기』는 기록하고 있다("청해진에 있던 궁복은 왕이 자신의 딸을 받아들이지 않은 것에 원한을 품고 청해진를 근거로 반란을 일으켰다.", "清海弓福怨王不納女, 據鎭叛". 『삼국사기』, 신라본기, 문성왕 8년). 이에 염장(閻長)이 나서 거짓으로 장보고에게 접근한 후 칼로 찔러 죽였다. 결국 문성왕은 851년, 청해진을 파하고 그 주민을 벽골군(碧骨郡 : 지금의 전라북도 김제)으로 이주시킨다. 이로 인해 청해진은 그 기능을 상실하고 역사 속으로 사라지게 되었다. 사라진 것은 청해진만이 아니었다. 강력한 해상왕국도 사라졌고, 위대한 민중의 영웅도 사라졌다.

덧없이 무너진 해상 영웅

장도의 배후 마을인 장좌리에서는 매년 음력 1월 15일 새벽 당제를 모신다. 새벽이 되면 당제를 지낼 사람들과 당굿을 칠 사람들이 물이 빠져 드러난 갯벌을 걸어 장도로 이동한다. 당제는 장도에 있는 당집에서 지내는데, 해가 막 떠오르는 시각에 맞추어 제를 지내기 시작한다.

장도의 당제는 송징장군(宋徵將軍)을 주신(主神)으로, 정년장군(鄭年將軍)과 혜일대사(慧日大師)를 부신(副神)으로 모신다. 여기에서 고민해 봐야할 문제가 있는데, 부신인 정년과 혜일대사는 역사상 실존 인물로 찾아지지만, 주신인 송징장군의 경우는 그 실체를 확인하기가 어렵다는 것이다. 장보고와 가장 많은 인연을 맺은 정년이 부신으로 모셔져 있는데, 실제 장보고는 신으로 모셔져 있지 않다는 점이나 장도의 토착 해양 세력인 송징이 부하였던 엄 장군과 딸에게 배신을 당해 엄 장군이 쏜 화살에 맞아 패망했다는 이야기 등을 고민해 볼 때 송징이 장보고와 동일인이 아닌가 하는 견해도 제기되고 있다. 장보고가 역적으로 몰려 죽었기 때문에 드러내놓고 그를 모실 수 없었고, 이에 송징이라는 다른 이름으로 제사를 지내왔을 것이라고 보는 것이다. 여하튼 현재 장도에서는 장보고를 신격에 포함시켜 4위를 당제에서 모시고 있다.

송징장군을 숨겨진 장보고라고 한다면 어찌하여 사람들은

장보고를 숨겨야만 했을까? 미천한 신분 출신이었던 장보고가 동아시아 바다를 지배하는 제왕이 되었기에 민중들에게는 영웅 그 자체였을 것이다. 그러나 그는 끝까지 민중이 바라던 영웅이 되지는 못했다. 장보고가 처음 청해진을 세울 때는 분명 노비로 팔려가는 백성들이 없기를 바라는 마음이었을 것이다. 그러나 점차 세력이 커지면서 결국 더 많고, 더 큰 권력을 가질 수 있다는 달콤한 유혹에 넘어가고 말았다. 『삼국사기』에서는 '문성왕 때 염장이 장보고를 죽이고 청해진을 없앴다.'고 기록하고 있다. 그러나 『삼국유사』에서는 장보고가 죽은 때를 신문왕 때로 기록하고 있다. 신문왕은 장보고 자신이 만든 왕이 아닌가? 자신이 욕심 때문에 자신이 만든 왕에게 죽임을 당한 장보고는 더 이상 민중이 염원하던 그런 영웅의 모습은 아니었다.

그럼에도 사람들은 그를 기억하고자 하였는지 모른다. 부하와 딸의 배신으로 목숨을 잃은 활을 잘 쏘는[장보고의 옛 이름인 '궁복'은 우리말로 활을 잘 쏘는 '활보' 정도로 옮겨볼 수 있다.] 어리석은 송징을 통해 해상왕국을 건설하고도 욕심 때문에 무너진 해상 영웅을 한편으로는 질타하고 또 다른 한편으로는 위로하려 했는지도 모른다. 그래 본래의 이름인 활보[弓福]로 만들어 활을 잘 쏘았거나 그와 관련된 이야기들을 기억했을지도 모른다.

〈완도 청해진 유적(莞島淸海鎭遺蹟)〉

전라남도 완도군 완도읍 장좌리 장도(將島:將軍島)에 있는 통일신라시
대의 군사유적. 장보고가 설치한 해군기지이자 무역기지로, 중국의
산동지방과 일본을 연결한 해상 교역의 본거지였다.(사진 출처 : 문
화재청)

〈완도 장좌리 당제(莞島長佐里堂祭)〉

전라남도 완도군 완도읍 장좌리에서 음력 정월 대보름에 지내는 마
을공동제의. 청해진 유적지인 장도의 당은 당집이며, 섬 정상의 울
창한 숲 속에 위치해 있다.(사진 출처 : 송기태)

〈장도 원목열(將島 圓木列)〉

총연장 331m. 탄소연대측정 결과 청해진이 있었던 828~851년 사이에 세워진 것으로 밝혀졌다. 소나무를 해변에 박아 놓은 것으로 접안시설 내지 방벽으로 사용되었을 것으로 추정된다.(사진 출처 : 문화재청, 『장도 청해진 유적발굴조사보고서 I』, 2001.)

7 신의 메시지를 전한 동해 용왕의 아들
- 처용

3월에 나라 동쪽의 주군을 순행했는데, 어디에서 왔는
지 알 수 없는 네 사람이 왕 앞에 나와 노래하고 춤을 추었
다. 그들의 모습이 해괴하고 옷차림도 괴이하여 당시 사람
들은 산과 바다의 정령들이라고 여겼다.[고기(古記)에는 왕
이 즉위한 원년의 일이라고 한다.]

　　　　　　　　　- 『삼국사기』, 신라본기(新羅本紀), 헌강왕(憲康王)

제49대 헌강대왕(憲康大王) 때는 경사(京師)에서 해내(海內)
에 이르기까지 집과 담장이 연이어져 있었으며, 초가집은
하나도 없었다. 풍악과 노래 소리가 길에 끊이지 않았고,
바람과 비는 철마다 순조로웠다.

이때에 대왕이 개운포(開雲浦) 학성(鶴城)의 서남쪽에 있
으며, 지금의 울주(蔚州)에 나가 놀다가 바야흐로 돌아가려
했다. 낮에 물가에서 쉬는데 갑자기 구름과 안개가 자욱해

져 길을 잃게 되었다. 왕은 괴이하게 여겨 좌우에게 물으니 일관(日官)이 아뢰기를,

"이것은 동해용의 조화이오니 마땅히 좋은 일을 행하시어 이를 풀어야 될 것입니다."

라고 하였다. 이에 유사(有司)에게 칙명을 내려 용을 위해 그 근처에 절을 세우도록 했다. 왕령이 내려지자 구름이 개이고 안개가 흩어졌다. 이로 말미암아 개운포라고 이름하였다. 동해의 용은 기뻐하여 이에 일곱 아들을 거느리고 왕 앞에 나타나 왕의 덕을 찬양하여 춤을 추며 풍악을 연주하였다. 그 중 한 아들이 왕의 수레를 따라 서울로 들어와 정사를 도왔는데 이름은 처용(處容)이라 했다.

왕이 아름다운 여인을 처용에게 아내로 주어 그의 생각을 잡아두려 했으며 또한 급간의 벼슬을 내렸다. 그 처가 매우 아름다워 역신이 그녀를 흠모해 사람으로 변하여 밤에 그 집에 가서 몰래 함께 잤다. 처용이 밖에서 집에 돌아와 잠자리에 두 사람이 있는 것을 보고, 이에 노래를 부르고 춤을 추며 물러났다. 노래는 이렇다.

동경 밝은 달에
밤들어 노니다가
집에 들어와 자리를 보니

다리가 넷이러라

둘은 내 것이고

둘은 뉘 것인고

본디는 내 것이다마는

앗은 것을 어찌할꼬

이때에 역신이 형체를 드러내어 [처용] 앞에 무릎을 꿇고 말하기를,

"제가 공의 아내를 탐내어 지금 그녀를 범했습니다. 공이 이를 보고도 노여움을 나타내지 않으니 감동하여 아름답게 여기는 바입니다. 맹세코 지금 이후로는 공의 형용(形容)을 그린 것만 보아도 그 문에 들어가지 않겠습니다"

라고 하였다. 이로 인해 나라 사람들(國人)이 처용의 형상을 문에 붙여서 사귀를 물리치고 경사를 맞아들이게 되었다.

왕이 서라벌에 돌아오자 영취산(靈鷲山) 동쪽 기슭의 경치 좋은 곳에 절을 세우고 이름을 망해사(望海寺)라고 했다. 또한 신방사(新房寺)라고도 이름하였으니 곧 용을 위해 세운 것이다.

또 포석정에 행차했을 때 남산 신이 임금의 앞에 나타나서 춤을 추었는데 좌우의 신하들은 보지 못하고 왕이 홀

로 보았다. 어떤 사람[신]이 앞에 나타나 춤을 추니 왕 스스로가 춤을 추어 그 모양을 보였다. 신의 이름을 혹 상심(祥審)이라고 했으므로 지금까지 나라 사람들이 이 춤을 전하여 어무상심(御舞祥審) 또는 어무산신(御舞山神)이라고 한다. 혹은 이미 신이 나와 춤을 추자 그 모습을 살펴 공인(工人)에게 명하여 모습에 따라 새겨서 후세의 사람에게 보이게 했으므로 상심(象審)이라고 한다고 했다. 혹은 상염무(霜髥舞)라고도 하니 이는 그 형상에 따라 일컬은 것이다.

왕이 또한 금강령(金剛嶺)에 행차했을 때에 북악(北岳)의 신이 나타나 춤을 추었으므로 그의 이름을 옥도금(玉刀鈐)이라고 했고 또 동례전(同禮殿)의 잔치 때에는 지신(地神)이 나타나 춤을 추었으므로 그의 이름을 지백(地伯) 급간(級干)이라고 했다.

『어법집(語法集)』에서 이르기를,

"그때 산신(山神)이 춤을 추고 노래를 불르며 지리다도파도파(智理多都波都波)라고 하였다"

고 한 것은 대개 지혜로 나라를 다스리는 사람이 사태를 미리 알고 많이 도망했으므로 도읍이 장차 파괴된다는 것을 말함이다. 곧 지신(地神)과 산신(山神)은 나라가 장차 멸망할 것을 알았으므로 춤을 추어 그것을 경계했던 것이나 나라 사람들은 이를 깨닫지 못하고 상서(祥瑞)가 나타난 것

으로 생각하여 향락에 너무 심하게 빠졌기 때문에 나라가
마침내 망하였다.

- 『삼국유사』, 기이 제2(紀異第二), 처용랑 망해사(處容郎 望海寺)

신라의 헌강왕(憲康王)이 학성(鶴城)에서 놀다가 돌아오던
중 개운포(開雲浦)에 이르렀는데, 문득 어떤 사람이 기이한
모습과 괴상한 차림으로 왕의 앞에 나와 노래하고 춤추며
덕을 찬미하고는 왕을 따라 서울로 들어와서 스스로 처용
이라 일컬었다. 달 밝은 밤마다 저자에서 노래하고 춤추었
지만 끝내 그가 있는 곳을 알지 못하여 당시 사람들이 신
인(神人)이라 여겼다. 후대의 사람들도 그를 기이하게 여겨
이 노래를 지었다.

이제현(李齊賢)이 시를 지어 풀이하기를,

"옛날 신라에 처용이라는 늙은이는

푸른 바다에서 왔다고 하네.

하얀 이[白齒]와 붉은 입술로 달밤에 노래하면서

치올라간 어깨와 자줏빛 소매로 봄바람 속에서 춤을 추
네."

라고 하였다.

- 『고려사』, 악 2(樂 二), 처용(處容)

처용(處容)

신라 49대 헌강왕(憲康王, 재위 : 875~886) 때 동해 용왕의 아들이라고 알려진 인물이 처용이다. 『삼국유사』에서는 '동해 용왕이 일곱 아들 중 한 명'으로 '왕을 따라와 정사를 도운' 인물로 표현하고 있다. 『삼국사기』에서는 "어디에서 왔는지 알 수 없는 네 사람이 왕 앞에 나와 노래하고 춤을 추었다."고 기록하여 처용이 외래인일 가능성을 이야기하고 있다.

처용(處容)이란 말의 의미에 대해서는 짚으로 만든 형상 즉 '제용'으로 보거나 처용(處容)을 반절(半切)로 읽을 때 '충'이 된다고 하면서 그 뜻을 '용(龍)'으로 보기도 한다. 또한 무(巫)를 의미하는 차차웅(次次雄)과 연계시켜 사제자를 의미하는 '즁', '츙'의 한자음으로 추론하는 견해도 있다. 이 밖에도 용의 얼굴, 샤먼의 이름, 무속신앙의 사제, 보통사람의 이름, 외래인 등으로 다양하게 논의되고 있다.

아울러 처용이 누구인가에 대한 논의들도 다양하게 이루어져 왔다. 처용을 신(神)으로 보는 견해가 있는가 하면, 역사적 실존 인물로 보기도 한다. 역사적 인물로 보는 견해는 처용을 지방 호족 세력, 이슬람상인, 화랑(花郎) 등으로 이야기하고 있다. 또는 처용을 신과 인간을 겸한 무격(巫覡)으로 보는 견해도 있다. 이처럼 처용(處容)이라는 이름이 갖는 의미나 처용의 정체에 관해서는 명확하게 규명하기 쉽지 않다.

확실한 것은 신라 향가인 '처용가'는 뒷날 고려가요인 '처용가'로 발전하였고, 처용무(處容舞)가 생겨 궁중 의식에서 즐겨 추는 춤이 되었다는 것이다. 궁중에서는 섣달 그믐날 처용 탈을 쓰고 처용무를 추는 나례(儺禮)를 행하여 나쁜 기운을 막고 전염병을 쫓고자 하였다. 아울러 관아에서도 매년 새해를 시작하기 전 처용 탈을 쓰고 처용무를 추는 것을 의례로 행하였다. 처용이 역신을 물리치는 신으로 인정받은 것만은 분명한 것 같다.

처용설화의 구조

지금까지 논의된 처용 관련 연구는 아내를 범한 역신(疫神)을 물리치고 문신(門神)으로 좌정된 처용에 관한 설화와 처용이 불렀다는 '처용가'를 중심으로 이루어진 것들이 많다. 그런데『삼국유사』에 나오는 이야기는 단순히 처용가 그의 아내에 관한 이야기만 있는 것이 아니다.

『삼국유사』에 나타난 이야기는 크게 세부분으로 나눠볼 수 있다.

먼저 헌강왕과 관련된 이야기가 등장한다. 헌강왕이 개운포(開雲浦)에 유람할 때 갑자기 구름과 안개가 깜깜하게 끼어 길을 잃게 된다. 일관(日官)이 동해용의 조화임으로 좋은 일을 행하여 풀어야 한다고 하여 근처에 절을 짓게 하니 구름과 안개가 걷혔으므로 개운포라고 불렀다. 동해용이 매우 기뻐하여 일곱 아들을 거느리고 왕의 앞에 나타나 덕(德)을 찬양하여 춤을 추고 음악을 연주하였다. 이 부분은 헌강왕과 개운포와의 관련 이야기이다. 헌강왕의 이야기는 여기에서 그치지 않는다. 헌강왕이 포석정에 행차했을 때 남산 신이 임금의 앞에 나타나서 춤을 추었는데, 신하들은 보지 못하고 왕만 본다. 또 금강령(金剛嶺)에 행차했을 때는 북악(北岳) 신이 나타나 춤을 추었고, 동례전(同禮殿) 잔치 때에는 지신(地神)이 나타나 춤을 추었다. 즉, 용신(龍神), 산신(山神), 지신(地神) 등이 왕 앞에 나타나 춤을 춘다. 이 부분이 헌강왕과 관련된 이야기이다.

다음으로는 우리가 아는 처용 관련 설화와 노래이다. 개운포에 나타난 동해 용왕의 아들 중 한명인 처용은 헌강왕을 따라 경주에 와서 왕정을 보필한다. 왕은 미녀를 처용의 아내로 삼고, 처용에게 급간이라는 벼슬을 준다. 처용의 아내가 너무 아름다움으로 역신이 욕심을 내어 동침을 하게 된다. 이를 처용이 보고서 가무를 하며 물러난다. 이에 역신이 감동하여 처용의 화상이 그려진 집에는 침입을 하지 않겠다는 약조를 한다. 이후 나라사람들이 처용의 화상을 대문에 붙여 벽사진경을 한다. 즉 처용과 처용의 아내, 그리고 역신이 등장하는 설화와 '처용가' 부분이다.

마지막 하나는 『어법집(語法集)』의 기록과 관련된 부분이다. 헌강왕이 이곳저곳을 유람할 때 산신이 춤을 추면서 '지리다도

파도파(智理多都波都波)'라고 노래하였는데, 그 뜻은 '지혜로 나라를 다스리는 사람이 사태를 미리 알고 많이 도망했으므로 도읍이 장차 파괴된다는 것'을 말한 것이다. 이는 지신과 산신이 나라가 망할 것을 춤과 노래로 경고한 것인데 사람들이 이를 깨닫지 못하고 탐락이 심해 나라가 망하고 말았다는 이야기이다. 이 부분은 『어법집』의 내용을 인용한 것이지만, 전반적으로 앞 부분의 이야기들을 요약하고 정리한 느낌이 든다.

『삼국유사』의 설화를 세 부분으로 나누었을 때 공통적으로 등장하는 것이 있으니 바로 '춤'과 '노래'이다. 따라서 이 '춤'과 '노래'를 어떻게 해석하는가 하는 것이 처용설화를 이해 할 수 있는 중요한 열쇠가 될 것이다.

무시된 신(神)들의 경고

7세기말 통일을 이룬 신라는 한동안 평화와 안정을 구가하였다. 그러나 혜공왕(惠恭王, 재위 765~780) 때를 지나면서 반역과 반란이 잦아졌다. 이는 헌강왕 때도 마찬가지였다. 헌강왕 5년에 여름 6월에 일길찬 신홍(信弘)이 모반을 일으켰다가 사형을 당했다('夏六月, 一吉湌信弘叛, 伏誅', 『삼국사기』, 신라본기, 헌강왕 5년). 『삼국사기』 기록을 보면 신홍의 모반이 있기 전 3월에 왕은 개운포를 유람하였고 여기에서 처용을 만나게 된다.

『삼국유사』에 기록된 처용 관련 이야기 첫 부분은 이렇게 시작한다. "경사(京師)에서 해내(海內)에 이르기까지 집과 담장이 연이어져 있었으며, 초가집은 하나도 없었다. 풍악과 노래 소리가 길에 끊이지 않았고, 바람과 비는 철마다 순조로웠다."고. 태평성대를 묘사한 모습이다. 그런데 『삼국유사』의 처용 관련 기록 마지막 부분은 "향락에 너무 심하게 빠졌기 때문에 나라가 마침내 망하였다.('耽樂滋甚故國終亡')"이다. 첫 부분에서 신라의 태평성대를 이야기하다가 마지막 부분에서는 신라가 망했음을 이야기하고 있다. 그런데 신라는 부지불식간(不知不識間)에 망한 것은 아니다. '지신과 산신은 나라가 장차 멸망할 것을 알았으므로 춤을 추어 그것을 경계'하게 했다. 그런데도 '나라 사람들은 이를 깨닫지 못하였'고, 오히려 '상서(祥瑞)가 나타난 것으로 생각'하여 '심하게 향락에 빠지게' 된다. 때문에 나라가 망한다.

여기서 주목해 볼 것은 신(神)들이 보낸 경고, 즉 '춤'이다. 앞에서 말한 처용설화의 구조 중에서 헌강왕에 해당하는 부분을 살펴보자. 처음 헌강왕은 개운포에서 동해용을 만나게 되는데, 이때 용은 춤을 추고 음악을 연주한다. 다음으로 남산신(南山神), 북악신(北岳神), 지신(地神) 등을 차례로 만나고 이들은 모두 헌강왕 앞에서 춤을 춘다. 즉 동쪽에서는 동해의 용왕, 남쪽에서는 남산의 산신, 북쪽에서는 북악의 산신, 그리고 서쪽에서는 지신을 만난 셈이다. 설화가 이러한 구조가 갖는 의미는 무엇일까? 간단하게 생각하자면 동서남북의 신을 다 만난 셈이다. 동서남북의 신을 만났다는 것은 지역을 수호하는 방위신을 만났음을 의미한다. 그들은 위기에 봉착한 신라를 구하기 위해 왕 앞에 나타나 그 위기 상황을 알리고자 하였다. 바로 춤이라는 메시지를 통해서이다. 포석정에 행차하였을 때 남산 신이 나타나 춤을 추었는데 왕만이 이것을 보았다는 점은 신들이 헌강왕을 상대로 메시지를 전하고 있음을 극명히 보여준다.

그러나 마지막 『어법집』의 내용에서 보듯이 사람들은 신들이 추는 '춤'의 의미를 잘못 해석하고 만다. 처용가가 불리는 시대적 상황은 신라 말의 어수선한 사회 상황과 함께한다. 즉 국가는 위험에 처해져 있고, 위험을 알리는 메시지도 곳곳에서 드러나고 있다. 『삼국사기』의 다른 기록을 하나 살펴보자.

귀신이 하나 대궐 안에 들어 와서 "백제가 망한다. 백제가 망한다."고 크게 외치다가 곧 땅으로 들어갔다. 왕이 이상하게 생각하여 사람을 시켜 땅을 파게 하였다. 석 자 가량 파내려 가니 거북이 한 마리가 발견되었다. 그 등에 "백제는 둥근 달 같고, 신라는 초승달 같다."라는 글이 있었다. 왕이 무당에게 물으니 무당이 말하기를 "둥근 달 같다는 것은 가득 찬 것이니, 가득 차면 기울며, 초승달 같다는 것은 가득 차지 못한 것이니, 가득 차지 못하면 점점 차게 된다."고 하니 왕이 노하여 그를 죽여 버렸다. 어떤 자

가 말하기를 "둥근 달 같다는 것은 왕성하다는 것이요, 초
승달 같다는 것은 미약한 것입니다. 생각컨대 우리 나라는
왕성하여지고 신라는 차츰 쇠약하여 간다는 것인가 합니
다."라고 하니 왕이 기뻐하였다.

－ 『삼국사기』, 백제본기(百濟本紀), 의자왕(義慈王)

신라에서 신들이 왕 앞에서 추웠던 춤이 백제에서는 거북
등에 글귀로 표현되었다. 백제가 망할 것이라는 내용이 담겨져
있는 것이다. 신라 헌강왕은 개운포, 포석정, 금강령, 동례전
등에 나타난 신들이 추는 '춤'의 메시지를 왕을 예찬한 것으로
해석했다. 백제의 무당은 신라의 일관(日官)과 달리 그 뜻을 올
바로 해석한다. 하지만 그는 죽임을 당하고 만다. 그리고는 잘
못 해석한 측근의 말에 왕은 기뻐한다. 신들이 전한 메시지를
올바로 해석하지 못했기에 망한 것이다.

처용이 전하려고 했던 메시지

처용은 본디 용왕의 아들이었다. 신(神)인 셈이다. 그러다가
인간이 된다. 인간이 된 처용은 아름다운 부인을 놔두고 놀러
다닌다. 마치 헌강왕이 "풍악과 노래 소리 끊이지 않았고, 초가
집이 하나도 없는" 아름다운 나라를 놀러다는 것과 같은 모양
새다. 집안=국가, 처용=헌강왕 이라는 구조가 그려진다는 말

이다.

그런데 위기 징표가 나타났을 때 이들은 전혀 다른 대응을 보여준다. 헌강왕은 신들이 나타나 위험을 경고할 때 이를 알아채지 못하고 오히려 찬미하는 것으로 이해해 버린다. 그러나 신이었던 처용은 집안에 위험이 닥치자 바로 알아차린다. 역신은 처용의 아름다운 아내를 범한다. 그러자 처용은 집안이 위험에 닥쳤음을 춤과 노래로 표현한다. 마치 헌강왕 앞에 나타난 신라의 신들이 노래와 춤으로 신라의 위험을 경고했듯이, 인간이 되었어도 신의 능력을 가진 처용은 신라의 위기를 춤과 노래로 경고하고 있는 것이다. 이렇게 본다면 처용 이야기 속에 등장하는 처용가는 어떤 정치적 징후를 암시하고 있는 노래, 참요(讖謠)의 기능을 수행한다. 그렇게 본다면 『어법집』에 들어 있는 노래 또한 참요인 셈이다.

여기서 하나 조심스럽게 접근할 부분이 있다. 신라의 처용 설화에 들어 있는 처용가는 당시 시대의 상황에 맞게 설정된 삽입가요이다. 다시 말하면 원래 처용의 이야기는 우리나라의 문신(門神)이 어떻게 좌정했는가를 설명하고 있는 신화(神話)이다. 그러기에 처용무(處容舞)에서 처용은 악한 귀신을 쫓고 경사(慶事)로운 일을 맞이하는 벽사진경(辟邪進慶)의 신으로 등장한다. 본래 무속으로 전승되던 처용가가 헌강왕 설화에 삽입되면서 신라가 망했다는 것을 제시하는 참요로 자리한 것이다.

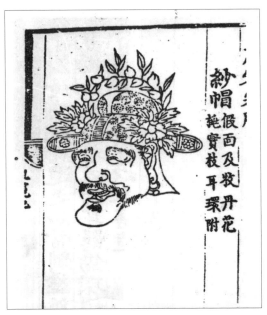

〈처용탈〉

『악학궤범』에 기록되어 있는 처용탈 모습. 이목구비가 뚜렷하고 다
소 험상궂으며 얼굴색은 한국 사람과는 다른 붉은색으로 정해져 있
다. (사진출처 : 이혜구, 『신역 악학궤범』, 국립국악원, 2000.)

〈처용무(處容舞)〉

섣달그믐의 나례(儺禮) 또는 궁중이나 관아의 의례에서 처용(處容)의
가면을 쓰고 잡귀를 쫓아내는 벽사적인 춤을 의미한다. 1971년에
중요무형문화재 제39호로 지정되었다.(사진 출처 : 문화재청)

〈처용암(處容岩)〉

울산광역시 남구 황성동에 있는 바위. 처용이 바다에서 올라온 바
위이기에 처용암이라고 한다.(사진 출처 : 문화재청)

8 용왕을 구한 활쏘기의 명수
- 거타지

　　제51대 진성여왕은 임금이 된 지 몇 해 만에, 유모 부호
부인과 그의 남편 위홍 잡간 등 서너 명의 총신들이 권력
을 마음대로 하여 정사를 어지럽히니 도적이 벌떼처럼 일
어났다. 나라 사람들이 이를 근심하여 다라니(陀羅尼) 은어
를 지어 길 위에 던져두었다. 왕과 권신들이 이를 얻어 보
고 말하기를,

　　"이것은 왕거인(王居仁)이 아니고는 누가 이 글을 지었겠
는가"

　　라며 곧 거인을 옥에 가두었다. 거인이 시를 지어 하늘
에 호소하니 하늘이 이에 그 옥에 벼락을 쳐서 그를 놓아
주었다.

　　시는 이렇다.

　　연단의 슬픈 울음에 무지개가 하늘을 뚫고

추연이 품은 슬픔 여름에 서리 내렸네
지금 나의 불우함이 그들과 같은데
황천은 어찌하여 아무 징조가 없는 것인가

다라니는 이렇다.

"나무망국 찰니나제 판니판니 소판니 우우삼아간 부이
사바하(南無亡國 刹尼那帝 判尼判尼 蘇判尼 于于三阿干 鳧伊娑婆訶)."

풀이하는 이가 말하기를

"찰니나제(刹尼那帝)는 여왕을 말하고 판니판니 소판니(判
尼判尼 蘇判尼)는 두 소판을 말한 것이니, 소판은 관작(官爵)의
이름이요, 우우삼아간(于于三阿干)은 서너 명의 총신을 말한
것이며, 부이(鳧伊)는 부호(鳧好)를 말한 것이다"

라고 하였다.

이 왕의 시대에 아찬 양패는 왕의 막내 아들이었다. 당
나라에 사신으로 갈 때에 백제의 해적이 진도(津島)에서 길
을 막는다는 이야기를 듣고 궁수 50명을 뽑아서 그를 따르
게 했다. 배가 곡도(鵠島)[우리말로 골대섬(骨大島)이라고 한
다.]에 이르니 풍랑이 크게 일어났으므로 열흘 남짓 묵게
되었다. 공이 근심하여 사람을 시켜 점을 치니, 말하기를

"섬에 신령한 못이 있으니 그곳에 제사지내는 것이 좋

겠습니다"

라고 하였다. 이에 못 위에 제전을 갖추었더니, 못물이
한 길 남짓이나 솟아올랐다. 그날 밤 꿈에 노인이 나타나
공에게 말하기를,

"활 잘쏘는 사람 한 사람을 이 섬 안에 머무르게 하면
순풍을 얻을 수 있을 것입니다"

라고 하였다. 공은 꿈에서 깨어나 좌우 사람들에게 물
었다.

"누구를 머무르게 하는 것이 좋겠는가?"

라고 하니, 여러 사람들이 말하기를,

"나무 조각[木簡] 50쪽에 우리 이름들을 써서 물에 띄워
가라앉는 것으로 제비를 뽑읍시다"

라고 하니 공이 이를 따랐다. 군사 중에 거타지(居陀知)란
자가 있어 그의 이름이 물 속에 가라앉았으므로 이에 그를
머물게 하니 순풍이 갑자기 일어나 배는 지체 없이 나아갔
다. 거타가 수심에 쌓여 섬에 서 있었더니 갑자기 한 노인
이 못으로부터 나와서 말하기를,

"나는 서쪽 바다의 신이오. 매번 한 중이 해가 뜰 때에
하늘로부터 내려와 다라니를 외우면서 이 못을 세 바퀴 돌
면 우리 부부와 자손들이 모두 물 위에 떠오르는데 중은
내 자손의 간과 창자를 취하여 다 먹어버리고 오직 우리

부부와 딸 아이 하나가 남았을 뿐이오. 내일 아침에 또 반드시 올 것이니 청컨대 그대가 중을 쏘아주시오"

라고 하였다. 거타가 말하기를,

"활 쏘는 일은 나의 장기이니 말씀대로 따르겠습니다"

고 하였다. 노인이 그에게 고맙다고 하고는 사라지고 거타는 숨어서 기다렸다. 다음날 동쪽(扶桑)에서 해가 뜨자 중이 과연 와서 전과 같이 주문을 외우며 늙은 용의 간을 취하려고 하였다. 이때 거타가 활을 쏘아 중을 맞추니 곧 늙은 여우로 변하여 땅에 떨어져 죽었다.

이때 노인이 나타나 감사히 여기며 말하기를,

"공의 은덕을 받아 우리가 목숨을 보전하였으니 내 딸을 공에게 아내로 드리겠소"

라고 하였다. 거타가 말하였다.

"[따님을] 주시고 저버리지 않으시니 진실로 원하던 바입니다."

노인은 그 딸을 한 꽃가지로 바꾸어 품 속에 넣어주고 이내 두 용을 시켜 거타를 받들고 사신의 배를 쫓아가서 그 배를 호위하게 하여 당나라의 영역에 들어갔다. 당나라 사람들이 신라의 배를 두 용이 지고 오는 것을 보고서 이 사실을 황제에게 아뢰니, 황제가 말하기를

"신라의 사신은 반드시 평범한 사람이 아닐 것이다"

라고 하였다. 잔치를 베풀어 여러 신하들의 위에 자리
하게 하고 금과 비단을 후하게 내려주었다. 고국에 돌아와
서 거타가 꽃가지를 꺼내니, 꽃이 여자로 변하였으므로 함
께 살았다.

－『삼국유사』, 기이 제2(紀異第二), 진성여대왕(眞聖女大王) 거타지(居陀知)

이때 이름 없는 자가 당시의 정치를 비방하는 글어 지
어 조정의 길목에 내걸었다. 왕이 사람을 시켜 그 자를 찾
도록 했으나 잡지 못했다. 어떤 자가 왕에게 말하기를

"이는 분명 뜻을 이루지 못한 문인의 행위일 것입니다.
아마대야주의 은자거인(巨仁)이 아닌가 합니다."

라고 하였다. 왕이 거인을 잡아 도성의 감옥에 가두게
하고 장차 처형하려 하였다. 거인이 분하고 원통해 감옥의
벽에 다음과 같은 글을 썼다.

"우공(于公)이 통곡하자 3년간 가물었고,
추연(鄒衍)이 슬픔을 품으니 5월에 서리가 내렸는데
지금 나의 근심을 돌이켜보면 옛날과 비슷하건만
황천은 말이 없고 단지 푸르기만 하구나."

그날 저녁에 갑자기 구름과 안개가 덮이고 벼락이 내리
치면서 우박이 쏟아졌다. 왕이 두려워 거인을 풀어주고 돌
려 보냈다.

－『삼국사기』, 신라본기(新羅本紀), 진성왕(眞聖王)

거타지(居陀知)

거타지는 신라 51대 진성여왕(眞聖女王, 재위 : 887~897) 때 명궁(名弓)으로 알려진 인물이다.

『삼국유사』기록에 따르면 거타지는 사신으로 당나라 가던 아찬 양패의 호위 무사 가운데 한 명이었다. 신라 사신 일행이 당나라로 가던 중 풍랑이 심해져서 곡도(鵠島)에 머물다가 서해의 해신인 용이 승려 모습을 한 늙은 여우에게 괴롭힘을 당하고 있다는 것을 알게 된다. 거타지는 해신의 간을 먹으려고 하는 중을 활로 쏘아 죽인다. 해신은 거타지의 도움에 보답하고자 딸을 꽃으로 변신하게 해 거타지에게 주고, 두 마리 용이 거타지의 배를 호위하게 한다. 이를 본 당나라 사람들이 신라의 사신을 비상한 사람들이라 여겨 성대히 대접했고 상까지 내린다. 신라에 돌아온 거타지는 꽃을 여자로 변신하게 하여 행복하게 잘 살았다.

이 기록 외에 특별히 거타지에 관한 기록은 찾아보기 힘들다. 때문에 그의 신분이나 출신 등에 관해서는 더 이상 자세히 알 수가 없다. 다만, 후에『고려사』에 등장하는 작제건(作帝建)과 유사한 행보를 보이고 있어 주목된다.

다라니로 망국(亡國)을 경고하다

신라 51대 진성여왕은 우리 역사에서 세 명뿐인 여왕 가운데 한 명이다. 그녀가 즉위할 당시 신라는 반란 세력들이 등장하는 등 정치적으로 위태로운 상황에 놓여 있었다. 그런데 진성여왕이 임금이 된 뒤에 "유모인 부호부인(鳧好夫人)과 그 남편인 위홍(魏弘) 잡간 등 총애하는 신하들이 전횡을 일삼았다."고『삼국유사』는 적고 있다.

위홍은 경문왕의 동생이고, 진성여왕이 경문왕의 딸이다. 그러나 이 둘은 평범한 관계는 아니었다.『삼국사기』에는 "왕이 평소 각간 위홍(魏弘)과 더불어 간통하더니 이때에 이르러서는 항시 안으로 들이고 일을 맡겼다.(王素與角干魏弘通, 至是常入内用事",『삼국사기』, 신라본기(新羅本紀), 진성왕(眞聖王) 2년)"고 기록하고 있다.『삼국유사』'왕력(王曆)' 편에는 위홍이 진성여왕의 남편으로 기록되어 있기도 하다(王之匹魏弘校勘 大角干). 지금의 관점에서는 진성여왕과 위홍의 관계가 불륜(不倫)이지만, 신라시대에는 아무 문제가 되지 않는다.

정작 문제는 진성여왕이 즉위한 다음 해에 위홍이 죽는다는데에 있다. 왕위에 즉위한 진성여왕은 처음에는 죄수를 사면하고, 조세를 면제해 주는 등 백성들을 위한 정치를 펼친다. 그런데, 자신의 정치적 후원자이자 애인인 위홍이 죽자 왕은 정치에 흥미를 잃은 것처럼 보인다. 위홍이 죽자 '젊은 미남자 두세 명을 남몰래 끌어들여 음란한 행위를 하였고, 그들을 중요한 직책에 앉히고 나라의 정책을 위임하기도 한다. 이로 인하여 아첨하는 무리가 생겼고, 뇌물이 공공연하게 행해졌으며, 결국 국가의 기강이 문란해지고, 해이해졌다.'고 『삼국사기』는 기록하고 있다. 이로 인해 곳곳에서 도적들이 활거 하는데, 진성왕 6년(892)에는 완산(完山, 지금의 전주)에서 견훤(甄萱)이, 진성여왕 7년(893)에는 북원(北原, 지금의 원주)에서 궁예(弓裔)가 일어난다. 바야흐로 후삼국 시대가 시작된 것이다.

이러한 때 누군가가 정치를 비판하는 글을 지어 길에 뿌린다. 더군다나 글 내용은 다른 사람에게 비밀로 하려는 듯 "나무망국 찰나나제 판니판니 소판니 우우삼아간 부이사바하(南無亡國 刹尼那帝 判尼判尼 蘇判尼 于于三阿干 鳧伊娑婆訶)."라고 다라니(陀羅尼)로 쓰여 있다. '나무(南無)'는 부처님께 귀의한다는 뜻으로 절대적인 믿음을 가리킨다. 그러니까 '나무망국'은 '나라가 망하기를 절대적으로 바란다.'는 뜻이다. '찰나나제'는 '진성여왕'을, '판니판니소판니'는 '두 소판(관작 이름)'을 가리키는 것이다. '우우삼아간'은 진성여왕의 측근에 있는 3~4명의 총신이고, 부이는 '부호'를 가리킨다. 즉 '소판'은 위홍을 '부이'는 진성여왕의 유모를 가리키는 말이다. 맨 마지막의 '사바하(娑婆訶)'는 앞의 주문내용이 반드시 이뤄지기를 바란다는 불교용어이다. 당시 부호부인과 위홍 등 3~4명의 총신들이 권력을 행사하고 있던 시절이기에 "신라는 망할지어다. 여왕이여, 위홍과 부호 등 측근들이여." 정도로 해석이 가능하다.

그런데 이 글을 쓴 사람이 대야주(합천)에서 은둔 중인 왕거인(王居仁)으로 지목된다. 그가 왜 범인으로 지목되었는지 자세한 내용은 알 수 없다. 다만 범인으로 지목된 후 그 억울함을 호소하기 위해 시를 지었는데, 옥에 벼락이 치자 풀려나게 되었다고 한다. 왕거인에 대해서는 그가 대야주에 은거한 점, 왕실 측근으로부터 국정에 대해 비판적인 인물로 인식되고 있었던 점에 주목하여 왕실 측근에 대해 불만을 품고 있던 6두품 지식인을 대표하는 인물로 보기도 한다.

용왕을 구한 영웅

위의 『삼국유사』 기록은 크게 두 가지 이야기로 결합되어 있음을 알 수 있다. 하나는 왕거인에 관한 이야기이고, 다른 하나는 거타지에 관한 이야기이다. 무슨 연유인지는 모르지만 각기 다른 사람을 주인공으로 하는 이야기가 진성여왕 대를 배경으로 하여 한군데 묶여 있다. 그런데 자세히 들여다보면 두 이야기가 서로 연관이 있는 것처럼 느껴진다.

거타지는 백제의 해적들을 제압하기 위해 뽑은 활 쏘는 사람 50명 중 한명이다. 그런데 풍랑이 크게 일어 곡도(鵠島)에서 10여 일 동안 머물면서 서해 용왕의 선택을 받게 된다. 곡도가 지금의 전남 진도(珍島) 근방인지, 아니면 백령도(白翎島)인지 알 수는 없지만, 당시 중국으로 가는 길목에 위치해 있었던 섬인 것만은 분명해 보인다.

서해 용왕은 거타지에게 자신을 괴롭히는 사미승(沙彌僧)을 활로 쏘아 달라고 간청하였다. 그 사미승은 늙은 여우가 변신한 것이다. 거타지는 용왕의 부탁대로 사미승을 쏘아 죽인다. 여우가 변한 사미승이 직접적으로 무엇을 지칭하는지는 모른다. 다만, 불교의 자비로움을 펼쳐야할 중이 오히려 간(肝)을 빼먹는다고 기록하고 있는 것으로 보아 중으로 변한 여우가 무엇을 지칭하는지는 대충 알 수 있다.

이에 용왕은 거타지에게 자신의 딸과 혼인할 것을 청하고, 그 딸을 꽃가지로 변하게 하여 거타지의 품에 품고가게 한다. 이 뿐만 아니라 두 용을 시켜 거타지를 모시고 사신의 배를 따라가게 한다. 또한 사신의 배를 호위하여 당나라에 이르게 한다. 당나라 왕은 거타지가 비범한 인재임을 알아 후하게 대접한다. 그리고 거타지는 귀국하여 꽃가지를 여자로 변하게 하여 행복하게 살았다.

거타지와 관련된 이야기는 이렇게 끝이 난다. 왕거인의 이야기와는 사뭇 다른 느낌이다. 그럼에도 왕거인의 이야기와 거타지의 이야기는 어느 정도 관련이 있어 보이는 것은 무슨 까닭일까?

먼저 왕거인 이야기는 왕거인과 왕실, 그리고 국인이 중심이 되어 전개된 신라 내부의 이야기이다. 또한 왕거인이 하늘에 의해 풀려났다는 것 말고는 해결된 것이 없다. 반면 거타지 이야기는 거타지와 왕실세력, 서해용, 사미승, 당나라 황실 등이 중심이 되어 전개된 신라 외부의 이야기다. 또한 거타지는 서해 용왕의 목숨을 구해 주고 아내까지 얻는다. 또한 당나라 황실의 융숭한 대접까지 받게 된다. 서해 용왕과 사신을 파견해야 했던 신라 왕실, 그리고 목숨을 살려야 했던 거타지의 문제가 동시에 해결되고 있다. 그런데 왕거인은 지식인으로 상층을 대표하는 인물임에 비해 거타지는 궁수로 하층을 대표한다.

지식인으로 대표되는 왕거인은 신라 왕실의 문제를 해결하기 위해 어느 정도 노력했을 것이다. 그것은 '나라니' 사건이 될 수도 있고, 억울함을 호소한 '시'일 수도 있다. 왕실 세력은 왕거인으로 대표되는 집단을 두려워 했던 것으로 보이며, 이에 왕거인을 석방한다. 그런데 문제는 신라가 가지고 있던 왕실의 구조적 문제는 해결되지 않고 사건이 끝나버린 데 있다. 즉 지식인들의 개혁은 실패한 것이다.

반면에 거타지는 다양한 문제들을 해결하는 인물로 그려진다. 먼저 당나라로 파견되는 사신들이 풍랑을 만나 섬에 머무를 때 이들이 떠날 수 있도록 선택을 받는다. 당나라와의 외교문제로 발생될 수 있는 가능성이 있는 문제를 해결해준 것이다. 이는 이후 용의 호위를 받으면 당나라에 들어가 환대를 받음으로써 외교문제가 발생하지 않았음을 다시 한번 확인한다.

다음으로 서해 용왕에게 닥친 문제를 사미승으로 변한 여우를 쏴 죽임으로써 해결해 준다. 이 문제는 해결함으로써 자신의 목숨까지 보존하게 된다. 즉 하층민을 대표하는 인물이 사건을 해결한 셈이다.

그런데 당나라 왕에게까지 후한 대접을 받은 비범한 거타지는 신라에 돌아 와서는 큰 대우를 받지는 못한 모양이다. 벼슬을 받았다거나 환대를 받았다는 기록이 없다. 그냥 용왕의 딸과 행복하게 살았다는 것으로 끝이 나고 있다. 위대한 인물을 신라는 몰라 본건지, 아니면 위대한 인물이지만 등용을 하지 않은 건지는 잘 모를 일이다. 그렇지만 거타지의 위대함이 의도적으로 숨겨졌을 가능성도 엿보인다. 용왕의 딸을 꽃가지로 숨겨가지고 왔음이 그렇다.

이렇게 본다면 민중들은 위급한 신라가 다시 살아날 수 있는 제 나름대로의 해법을 제시하고 있는 모양새다. 바로 측근 정치를 청산하고, 숨어 있는 인물들을 등용하라는 것이다. 거타지가 비범한 신분을 지녔거나 신비한 출생을 통해 등장한 인물은 아니다. 그러함에도 불구하고 서해 용왕이 닥친 문제를 해결하였다. 민중들이 바라는 영웅인 셈이다. 그렇지만, 신라는 그 영웅을 끝내 알아보지 못했다. 때문에 영웅도 자신이 영웅임을 구지 내세우지 않는다. 그래 위대한 용의 딸은 신(神)의 능력을 가진 용녀(龍女)가 아니라 그냥 평범한 여자로 변하고 만

것이다. 결국 왕거인이나 거타지나 둘 모두 신라 왕실의 문제
는 해결하지는 못한 것이다.

새로운 해상 세력을 기대하다

거타지 설화는 고려 태조 왕건의 조부인 작제건(作帝建) 설화
와도 유사하다. 『고려사』에 있는 작제건 설화를 요약하면 다음
과 같다.

> 작제건은 당나라의 귀인과 진의(辰義) 사이에 태어났다.
> 작제건이 16세가 되었을 때 진의는 어버지가 남긴 궁시(弓
> 矢)를 주었는데 백발백중하였다. 작제건은 아버지를 찾으
> 러 상선을 타고 당나라로 떠났는데 운무가 자욱하여 삼일
> 동안 배가 나가지 못했다. 점을 쳐보았더니 고려인을 떠나
> 게 하라는 결과가 나와 작제건은 배를 떠나 바다 가운데
> 있는 바위에 홀로 남게 되었고 배는 떠났다. 그러는 동안
> 노옹(老翁)이 나타나 자신은 서해용왕이라고 하면서 매일
> 늙은 여우가 여래(如來)와 같은 빛을 발하며 북과 음악소리
> 를 치면서 나의 머리를 아프게 하는데, 그것을 쏘아달라고
> 하였다. 작제건은 그 말을 수락하고 기다렸는데, 과연 서
> 북쪽에서 부처님의 모습을 한 자가 나타났다. 작제건이 감
> 히 쏘지 못하고 있었는데, 노옹이 나타나 저것이 늙은 여

우라고 하니, 작제건이 그것을 쏘았다. 그 자는 화살에 맞
아 떨어졌는데 노옹의 말대로 늙은 여우였다. 노옹은 기뻐
하여 그를 궁궐로 데려갔다. 그는 작제건에게 "당으로 가
서 천자를 만날 것인가, 아니면 칠보(七寶)를 가지고 동쪽으
로 돌아가 어머니에게 효도할 것인가?"라고 물었다. 작제
건이 "동으로 가서 왕이 될 것이다."라고 하니 노옹이 "그
것은 그대의 자손 삼건(三建)에서 이루어질 것이다."라고
하였다. 작제건은 그곳에서 용녀와 혼인하고 칠보와 신돈
(神豚)을 받아서 다시 돌아왔다.

　　고려 왕건은 자신들의 선조(先祖)를 신성시하고, 자신의 혈통
을 고귀하게 만들고자 선조들의 이야기는 신화적으로 기술하
고 있다. 이 작제건 설화도 그 중 한 부분이다. 왕건의 6대조 호
경은 산신과 결혼하였는데, 예전 아내를 찾아가 관계를 맺어
강충을 낳았다. 5대조 강충은 후손 중에 삼한을 통합할 인물을
낳으리라는 풍수장이의 말에 따라 송악(松嶽)에 소나무를 심었
다. 4대조 보육의 작은딸 진의는 오줌을 누어 천하가 잠기는 꿈
을 꾼 언니의 꿈을 산 후 당나라의 귀인과 동침하여 작제건을
낳았다. 2대조 작제건은 용궁에서 얻어온 돼지를 따라가 집터
를 잡고 살았는데, 장남인 용건은 꿈에서 배필이 되기로 약속
했던 미인을 길에서 만나 혼인한다. 당나라에서 풍수지리를 배

우고 찾아온 도선(道詵)의 말대로 새 집을 짓고 살다가 왕건(王建)을 낳는다. 왕건이 17세가 되었을 때 도선이 찾아와 병법과 천문의 이치 등을 가르쳐 주는데, 이후 왕건은 고려를 건국한다.

작제건 설화는 거타지 이야기와 비슷하다. 그런데 용왕을 구해준 작제건은 '서쪽으로 가 당나라 천제인 아버지를 만나'는 대신 '동쪽으로 가 왕이 되기를 원한다.'. 그러자 용은 '삼건을 기다려야 왕이 된다.'는 말을 한다. 왕이 되고자 했던 작제건의 욕망은 좌절된다. 그러나 후손이 왕이 된다는 말은 이후를 기약하는 희망이 된다. 이 부분은 거타지 이야기에는 없는 부분이다. 바꾸어 말하자면 거타지 이야기는 희망이 없다. 반면 작제건 설화에는 희망이 있다. 용녀(龍女)로 이야기되는 해상 세력이 성장하여 왕이 되는 것이다. 거타지를 이야기 했던 신라의 민중들도 희망을 이야기하고자 했을 것이다. 그러나 신라는 더 이상 희망이 없는 국가였는지 모른다. 그래 거타지는 더 이상 자신이 영웅임을 드러내지 않았는지도 모른다.

《『삼국유사』에 실려 있는 거타지 이야기(1512년 규장각본)》

신라 진성여왕 때의 명궁(名弓) 거타지에 관한 설화로 후대 비슷한
이야기가 『고려사』, 『용비어천가(龍飛御天歌)』 등에도 보인다.(사진 출
처 : 한국사데이터베이스)

〈백령도 용기포 신항 전경〉

백령도(白翎島)의 옛 이름은 '곡도(鵠島)'이다. 거타지 설화 배경으로 비정 되는 곳 중 한 곳으로 '따오기가 흰 날개를 펼치고 공중을 나는 모양을 닮았다' 하여 백령도라 한다.(사진 출처 : 옹진군청)

〈고려 태조 왕건 청동상〉

거타지의 이야기는 고려 왕건의 선조인 작제건의 이야기와 비슷하다. 작제건(作帝建)이라는 이름은 '황제를 낳아 나라를 세운다.'는 뜻이다.(사진 출처 : 국립중앙박물관, 『북녘의 문화유산』, 삼인, 2006.)

9 육두품의 못 이룬 신라 드림(Dream)
- 최치원

　최치원(崔致遠)의 자(字)는 고운(孤雲)인데[또는 해운(海雲)이라고도 하였다.] 사량부(沙梁部) 사람이다. 역사에 전하는 기록이 없어져 그 세계(世系)를 알 수 없다.

　치원은 어려서부터 총명하고, 학문을 좋아하였다. 나이 12세가 되자 장차 배를 타고 당(唐) 나라에 들어가 배움의 길을 찾으려고 하였다. 그 아버지는

　"십 년 안에 과거에 붙지 못하면 내 아들이 아니다. 가서 부지런히 힘쓰라."

　고 하였다. 치원이 당나라에 이르러 스승을 좇아 공부하였는데 게으름이 없었다.

　건부(乾符) 원년 갑오(경문왕 14년, 874)에 예부시랑 배찬(裴瓚) 아래에서 한 번에 과거에 합격하였다. [당 황제가]선주(宣州) 율수현위(溧水縣尉)에 임명하였고, 근무 성적을 평가하여 승무랑(承務郞) 시어사내공봉(侍御史內供奉)으로 삼았으며,

자금어대(紫金魚袋)를 하사하였다. 그때 황소(黃巢)가 반란을 일으키자 고병(高騈)이 제도행영병마도통(諸道行營兵馬都統)이 되어 이를 토벌하였는데, 치원을 추천하여 종사관을 삼고, 서기의 임무를 맡겼다. 그가 지은 표(表)·장(狀)·서(書)·계(啓)가 지금[고려]까지 전한다.

나이 28세에 이르러 귀국할 뜻을 가졌다. 희종(僖宗)이 이를 알고 광계(光啓) 원년(헌강왕 11년, 885)에 [그로] 하여금 조서를 갖고 사신으로 가도록 하였다. [신라에] 남아 시독(侍讀) 겸 한림학사(翰林學士)·수병부시랑(守兵部侍郞)·지서서감사(知瑞書監事)가 되었다.

치원이 스스로 서쪽에 유학하여 얻은 바가 많았다고 생각하여서 돌아와서는 자기의 뜻을 실행하려고 하였으나 말세여서 의심과 시기가 많아 용납되지 않으니 [지방 관직으로] 나가 태산군(太山郡) 태수가 되었다.

··· 〈중략〉 ···

치원은 서쪽에서 당(唐)을 섬기다가 동쪽으로 고국에 돌아온 후까지 모두 혼란한 세상을 만나 운수가 꽉 막히고(蹇屯), 움직이면 매번 비난을 받으니 스스로 불우함을 한탄하여 다시 관직에 나갈 뜻이 없었다.

산림의 기슭과 강이나 바닷가에서 자유롭게 이리저리 돌아다니며 스스로 구속되지 않았다. 누각을 짓고 소나무와 대나무를 심었으며, 책을 베개 삼고, 풍월을 읊었다. 경주의 남산, 강주(剛州)의 빙산(氷山), 합주(陜州)의 청량사(淸涼寺), 지리산(智異山)의 쌍계사, 합포현(合浦縣)의 별장 같은 곳은 모두 그가 노닐던 곳이다.

최후에 가족을 데리고 가야산 해인사에 은거하면서 친형인 승려 현준(賢俊) 및 정현사(定玄師)와 도우(道友)를 맺었다. 벼슬하지 않고 편안히 살다가 노년을 마쳤다.

… 〈후략〉 …

- 『삼국사기』, 열전(列傳), 최치원(崔致遠)

… 〈전략〉 …

나주의 서남쪽이 영암군이고 월출산 밑에 위치하였다. 월출산은 한껏 깨끗하고 수려하여 화성이 하늘에 오르는 산세이다. 산 남쪽은 월남촌이고 서쪽은 구림촌이다. 아울러 신라 때 이름난 마을로 지역이 서해와 남해가 맞닿는 곳에 위치하였다. 신라에서 당나라로 조공갈 때 모두 이 고을 바닷가에서 배로 떠났다. 바닷길을 하루 가면 흑산도에 이르고, 흑산도에서 또 하루를 가면 홍의도에 이른다. 다시 하루를 가면 가거도에 이르며, 양방 바람을 만나면 3일이면 태주 영파부 정해현에 도착하게 되는데, 실제로 순풍을 만나기만 하면 하루만에 도착할 수도 있다. 당나라

때 신라 사람이 바다를 건너서 당나라에 들어간 것이 지금
통진 건널목에 배가 잇닿아 있는 것 같았다. 그 당시에 최
치원, 김가기, 최승우는 장삿배에 편승하여 당나라에 들어
가 과거에 합격하였다.

… 〈후략〉 …

(…〈前略〉… 退不過沒膝中央一道如江身舟從此行羅州西南爲靈巖郡郡處於
月出山下月出山極意淸秀爲火星朝天南則爲月南村西則爲鳩林村並新羅時名村
也地處西南海交角之上新羅朝唐皆於此郡海上發船乘一日海至黑山島自黑山乘
一日海至紅衣島又乘一日海至可佳島艮風三日乃至台州寧波府定海縣苟風順則
一日可至南宋之通高麗也亦自定海縣海上發船七日可至麗境登陸卽此地也唐時
新羅人浮海入唐如通津要渡而舟航絡繹崔致遠金可紀崔承祐附商船入唐中唐制
科 …〈後略〉…)

– 『택리지(擇里志)』, 팔도총론(八道總論), 전라도(全羅道)

최치원(崔致遠)

최치원(崔致遠, 857~?)은 신라말기의 학자로 자는 고운(孤雲), 해
운(海雲), 해부(海夫)이며, 시호는 문창(文昌)이다.

신라 47대 헌안왕(憲安王, 재위 : 857~861) 원년인 857년에 태어났
다. 6두품 출신으로 부친은 견일(肩逸)이다. 48대 경문왕(景文王, 재
위 861~875) 때인 868년에 12세의 어린 나이로 중국 당(唐) 나라로
유학을 떠났다. 유학한지 6년 만인 874년 외국인을 상대로 실
시하는 과거[빈공과(賓貢科)]에 합격하였다. 그러나 2년 동안 관
직에 오르지 못하다가 876년 선주(宣州) 율수현(溧水縣, 지금의 강소

성 남경시) 현위(縣尉)로 관직에 올랐다.

당시 당나라는 흉년으로 먹을 양식이 모자란 상황이었고 이로 인해 각지에서 농민 반란이 일어났다. 875년부터는 왕선지(王仙芝), 황소(黃巢) 등이 산둥성[山東省], 허난성[河南省], 안후이성[安徽省] 등지에서 세력을 떨치고 있었다. 877년 겨울, 관직에서 물러난 최치원은 회남절도사(淮南節度使) 고변(高騈)의 추천으로 관역순관(館驛巡官)이 되었다. 그리고 고변이 황소(黃巢)의 반군을 토벌하기 위한 제도행영병마도통(諸道行營兵馬都統)이 되자, 그의 종사관으로 참전하였다. 이 무렵 황소(黃巢)를 치기 위하여 지은 《토황소격문(討黃巢檄文)》으로 인해 당 전역에 이름을 떨쳤다.

885년(헌강왕 11년), 최치원은 당 희종(僖宗, 재위 : 873~888)의 조서[詔書 ; 임금의 명령을 일반에게 알릴 목적으로 적은 문서]를 가지고 신라로 귀국하였다. 귀국하여 헌강왕에게 중용되어 왕실이 후원한 불교 사찰 및 선종 승려의 비문을 짓고 외교 문서의 작성도 맡았다. 현재 전하지 않으므로 확실한 것은 알 수 없으나 신라사회가 가지고 있던 여러 가지 문제점들을 해결해보고자 건의한 것으로 보이는 시무십여조(時務十餘條)를 진성여왕에게 올려 6두품의 신분으로서는 최고의 관등인 아찬(阿湌)에 오른다.

그러나 그의 정치적인 개혁안은 실현될 수 없는 것이었다. 당시의 사회모순을 외면하고 있던 진골귀족들에게 그 개혁안이 받아들여질 리는 만무했던 것이다. 얼마 후 진성여왕이 즉위한지 11년 만에 효공왕에게 선양(禪讓)하기에 이른다. 이즈음에 최치원은 신라왕실에 대한 실망과 좌절감을 느낀 나머지 직을 버리고 은거하게 된다. 『삼국사기』에서는 가야산의 해인사로 들어갔다고 하고, 민담에서는 지리산으로 들어갔다고도 한다. 908년까지 생존해 있었음은 확실하지만 언제 어떻게 죽었는지는 알 수 없다.

흑산도와 황해 횡단항로

전통시대 국가 간의 통상 및 교류는 바닷길과 항해술에 크게 의존해 왔다. 육상 교통수단이 오늘날과 같이 발달하지 않았던 시대에 해상 항로는 중요한 교통수단이 되었다. 항해술이 미약한 고대 한반도 여러 국가들의 교역 상대국은 중국과 일본 등 인접 국가들이었다. 하지만 아직 항해 기술이 발달하기 이전 시기에는 한반도 연안의 주요 거점을 중심으로 한 연안항로에 의존하고 있었다.

이후 항해 기술이 발달하면서 위험하지만 가까운 횡단항로를 주요 이용하게 되었다. 고대 주로 이용하였던 항로는 노철산수도항로(老鐵山水道航路), 황해횡단항로(黃海橫斷航路), 동중국해사단항로(東中國海斜斷航路)로 나눌 수 있다.

동지나해사단항로는 한반도 서남해 지방에서 흑산도를 거

쳐 강남의 명주(현 寧波, 닝보) 등지에 도착하는 항로를 말한다. 최치원이 당나라에 갈 때 이용하였다는 항로가 바로 이 동중국해 사단항로와 비슷하다. 조선후기 이중환이 지은『택리지(擇里志)』에 의하면, 최치원을 태운 배는 월출산 서쪽 기슭에 자리 잡은 영암 구림마을의 상대포에서 출발하여 흑산도와 홍도, 가거도를 거쳐서, 중국의 영파(寧波)에 도착한 것으로 기술되어 있다.

장보고의 후원을 받아 9년간 당나라 유학생활을 했던 일본의 고승 엔닌(圓仁)이 쓴 일기『입당구법순례행기(入唐求法巡禮行記)』와 1123년 송나라 사신 서긍(徐兢)이 고려를 방문하고서 기술한『선화봉사고려도경(宣和奉使高麗圖經)』에 흑산도에 대한 이야기가 소개되어 있다. 엔닌은 흑산도에 300~400가구가 살고 있다고 기록 했고, 서긍은 흑산도에 뱃사람들이 머무는 관사(館舍)가 있으며, 중국의 사신이 오면 산마루에 봉화를 피워 왕성에 알린다는 내용 등을 기록하고 있다.

이러한 기록들로 미루어 보면 흑산도는 한ㆍ중 항로를 이어주는 중요 거점포구가 있었던 곳으로 여겨진다. 고려시대에 축조된 것으로 추정되는 상라산성(上羅山城), 상라산 정상부(상라봉)에서 발견된 제사 관련 유물, 그리고 읍동 마을에 남아 있는 석탑과 석등 등은 이러한 정황을 뒷받침 해준다. 고려시대에 축조된 것으로 추정되는 상라산성은 상라산 6부 능선을 따라 남사면을 반월형(半月形)으로 쌓아 올린 성이다. 바다에 면한 북쪽 능선은 성벽을 쌓지 않았는데, 100m 이상의 해안절벽이 자연 성곽을 이루고 있다. 상라산 정상부에서 발견된 제사 관련 유물은 철제마(鐵製馬) 3점을 비롯해 주름무늬병 등이다. 이곳은 항해의 안전을 기원한 뱃사람들의 제사터였음을 짐작해 볼 수 있다. 읍동 마을에는 절터라는 곳이 있고, 이곳에는 고려시대의 것으로 추정되는 석탑과 석등이 남아 있다. 절 이름은 알려져 있지 않지만, '무심사선원(无心寺禪院)'이라 새겨진 기와편이 발견돼 선종(禪宗) 계통의 사찰이 있었음이 밝혀지게 되었다.

서남해에 남겨진 최치원의 향기

최치원이 흑산도를 거쳐 당으로 간 것은 열두 살 어린 나이였다. 그리고 이때는 유학을 가기 위해 배를 탈 목적으로 서남해에 잠깐 들린 것이다. 그런데 서남해안 지역민들에게 있어서 최치원이라는 인물은 단순히 지나치기에는 너무나 강렬한 인물이었던 모양이다. 그래 곳곳에 최치원과 관련된 이야기들을 만들어 그를 기억하고자 하였다.

최치원이 당을 가기 위해 상선(商船)을 탔던 곳은 영암 구림의 상대포(上臺浦)이다. 이곳에서 가까운 거리에 있는 해남 화원면 금평리의 운거산(雲居山) 자락에 서동사(瑞洞寺)는 절이 있다. 창건 연대에 관한 기록은 없으나, 887~896년경에 창건한 것으로 추정한다. 1592년(선조 25) 임진왜란으로 서동사의 건물 대부분이 불에 탔으나 대웅전만은 화를 면했다고 한다. 칡덩굴 등이 대웅전을 감싸고 있었기 때문이라고 한다. 이로 인해 서동사는 당시 갈천사(葛天寺)로 불리었다고 전한다. 현존하는 사찰의 규모는 작으나 대웅전의 품격이나 주변의 분위기를 보아 옛날 서동사의 규모가 상당하였을 것으로 추측된다. 1980년대 초지금의 대웅전의 지붕을 보수하다 발견한 〈서동사중수상량문(1870년)〉과 대웅전 입구 창문 위에 걸려 있는 〈현판기(1870년)〉에 의하면 서동사의 창건은 확신할 수 없으나 통일신라 진성여왕 때(887~896) 최치원(崔致遠)이 창건하였다고 한다. 이와 함께 화원반도의 끝자락 바닷가에는 '당으로 떠나는 포구'란 의미의 '당포(唐浦)'라는 지명이 있다. 이러한 설화와 지명은 최치원이 이곳을 지나 당으로 갔다는 역사적 사실과 관련된 것이라 할 수 있다.

최치원이 탄 배가 당으로 가는 바닷길의 길목에 해당하는 비금도(飛禽島)의 수도마을에도 최치원과 관련된 설화가 전한다. 비금면 수도마을의 뒷산인 목기미의 정상에 샘이 있다. 그 마을 사람들은 이 샘을 고운정(孤雲井)이라 부른다. 이 샘은 아무리 가물어도 물의 양이 줄지도 않고 끊임없이 솟아오른다고 한다. 설화에 의하면 최치원이 중국으로 가는 도중 배에 식수가 떨어지게 된다. 수도리 앞을 지나면서 고운선생이 수도리 뒷산 봉우리에 물이 나올 것이라고 했고, 그곳을 팠더니 과연 물이 나왔다. 그 뒤로 이 샘을 고운정이라고 불렀다는 것이다. 우이도 (牛耳島)에도 고운 선생이 바둑을 두었다는 바둑바위와 물을 마셨다는 옹달샘이 있다.

우이도는 중국으로 가는 배들이 풍랑을 만나 흑산도로 갈 수 없을 때 피항(避航)을 했던 섬이다. 우이도의 진리 마을에는 최치원의 놀라운 권능을 묘사한 설화가 전해진다. 그 내용을 요약해 보면 '고운선생이 중국으로 가전 중에 우이도에 도착하였다. 그때 마침 우이도에는 가뭄이 들어 주민들이 도탄에 빠져 있었다. 이를 본 고운선생이 북해용왕을 불러 비를 주기를 당부한다. 그러자 북해용왕은 비를 내려준다. 그러나 비를 주기 위해서는 옥황상제의 명령이 있어야 하는데, 북해용왕은 옥황상제의 명령 없이 자기 맘대로 비를 내려준 것이었다. 이 사실을 안 옥황상제가 북해용왕을 죽이려고 했다. 그러자 고운선생이 자신의 무릎 밑에 북해용왕을 감춰주어 죽음을 면하게 했다.'는 것이다.

최치원은 신라 말기 최고의 학자로 추앙받은 인물이다. 그런 만큼 그와 관련한 설화는 전국 각지에 남아 있다. 서남해안에 전하는 설화는 그가 열두 살의 나이에 당에 유학을 간 역사적 사실을 이야기한다. 그러나 민중들은 고운을 인간이면서도 영원한 생명을 누리는 선인(仙人)으로 추앙하였다. 그렇기 때문에 고운과 관련된 이야기는 열두 살 어린 아이의 모습이 아닌 영원한 청년의 모습으로 지금도 계속 회자(膾炙)되고 있는 것이다.

끝내 못 이룬 신라 부흥의 꿈

최치원은 당나라에서의 삶을 버리고 스물 아홉 살에 신라에 돌아온다. 그가 신라로 돌아온 것은 고구에 대한 그리움과 향수(鄕愁)도 있었겠지만, 자신의 뜻을 펼쳐보고자 하는 마음도 있었다. 최치원은 "스스로 서쪽에 유학하여 얻은 바가 많았다고 생각하여서 돌아와서는 자기의 뜻을 실행하려고 하였(自以西學多所得, 及來將行己志)"던 것이다.

신라에 귀국한 뒤에는 상당한 의욕을 가지고 당나라에서 배운 경륜을 펼쳐보려 했다. 그러나 진골귀족 중심의 독점적인 신분체제의 한계와 국정의 문란함 등으로 인해 뜻을 펼치기에는 역부족이었다. 894년에는 문란한 정치를 바로 잡으려는 노력으로 진성여왕에게 시무책(時務策) 10여 조를 올리기도 한다. 신라를 부흥시키기 위한 구체적인 개혁안을 제시한 것이다. 그러나 진골귀족들이 그 개혁안을 받아들일 리는 만무했다.

사정이 이 정도 되자 최치원은 40여 세 장년의 나이로 관직을 버리고 마침내 은거를 결심하였다. 당시의 사회적 현실과 자신의 정치적 이상과는 차이가 있었던 것이다. 그가 즐겨 찾은 곳은 경주의 남산(南山), 의성의 빙산(氷山), 합천의 청량사(淸凉寺), 지리산의 쌍계사(雙磎寺) 등이었다고 한다. 이 밖에 최치원이

어지러운 정국을 떠나 가야산으로 입산하러 갈 때 자연경관이 너무나도 아름다워 대(臺)를 쌓고 바다와 구름, 달과 산을 음미하면서 주변을 거닐었다는 해운대(海雲臺) 등에 그의 자취가 전한다.

만년에는 가야산 해인사(海印寺)에 들어가 머물렀다. 그가 언제 세상을 떠났는지 알 길이 없으나, 908년(효공왕 12)까지 생존했던 것은 분명하다. 그 뒤 행적은 알 수가 없지만, 방랑하다 죽었다고도 하고, 신선이 되었다고도 하고, 자살을 했다고도 한다.

『삼국사기』의 기록을 보면 최치원은 왕건과 견훤 세력의 성장을 지켜본 것으로 보인다. 경주의 진골귀족이 몰락하는 대신 지방의 호족세력이 새로이 대두하고 있는 현실을 직접 본 셈이다. 그렇지만 그는 적극적으로 호족세력에 가담하여 역사변화를 주동하지 않았다. 마지막까지 신라인으로 살아간 것이다.

원대한 꿈을 위해 바다를 건너갔던 최치원. 자신의 고국을 위해 다시 바다를 건너왔지만, 끝내 신라 부흥은 이루어지지 않았다. 6두품의 신라 드림(dream)은 그렇게 끝이 났다.

〈벽송정(碧松亭)〉

경북 고령군 쌍림면 신촌리에 있는 통일신라시대의 정자. 정자 안에 통일신라 말의 학자 최치원(崔致遠)의 시문이 있다.(사진 출처 : 문화재청)

〈해운대석각(海雲臺石刻)〉

부산광역시 해운대구 동백섬 내 작은 바위에 새겨진 '해운대'라는 글씨. 최치원이 가야산으로 가던 도중에 이곳에 머물면서 이 바위에 '海雲臺'라는 글씨를 새겼다고 한다.(사진 출처 : 문화재청)

〈상라산성(上羅山城)〉

전라남도 신안군 흑산면 진리에 있는 통일신라시대의 산성. 산성의
형태가 반달과 흡사하다 하여 반월성이라고도 하며, 국제 해양도시
의 기능을 했을 흑산도 읍동마을을 수호하기 위해 축조한 것으로
추정된다.(사진 출처 : 문화재청)

【참고문헌】

강봉룡, 「해양사에서 본 흑산도의 과거와 미래」, 『전농사론』 7, 서울시립대학교, 2001.

_____, 「장보고」, 한얼미디어, 2004.

강성원, 「신라시대 반역의 역사적 성격」, 『한국사연구』 제43, 한국사연구회, 1983.

강원도민일보 · 삼척시 · 해양문화재단, 「異斯夫 활약의 역사성과 21세기적 의의」, 강원도민일보, 2008.

김남형, 「만파식적 설화의 역사적 의미」, 『한국학논집』 제38집, 계명대학교 한국학연구소, 2009.

김두진, 「신라 탈해신화의 형성기반」, 『한국고대의 건국신화와 제의』, 일조각, 1999.

김수태, 「신라 신문왕대 전제왕권의 확립과 김흠돌난」, 『신라문화』 9, 동국대학교 신라문화연구소, 1992.

김완진, 『향가해독법연구』, 서울대학교 출판부, 1980.

김인영, "異斯夫④", 〈공감신문〉, 2016.02.14.

김창석, 「新羅의 于山國 복속과 異斯夫」, 『역사교육』 제111집, 역사교육연구회, 2009.

김창호, 「문무왕의 산골 처와 문무왕릉비」, 『경주문화연구』 제9집, 경주대학교 문화재연구소, 2007.

나승만, 「흑산도 읍동 민속자료 해석과 지역사 읽기」, 『남도민속연구』 제6집, 남도민속학회, 2000.

나경수, 「처용가의 서사적 이해」, 『국어국문학』 108, 국어국문학회,

1992.

_____, 「전남의 인물전설 연구 Ⅰ ; 송징전설의 전승양상」, 『한국언어 문학』 31, 한국언어문학회, 1993.

_____, 『향가문학론과 작품연구』, 집문당, 1995.

노성환, 『일본신화의 연구』, 보고사, 2002.

목포대학교 도서문화연구원 · 신안군, 「흑산도 상라산성 연구」, 2000.

목포대학교 도서문화연구원 · 신안군, 「도서문화유적 지표조사 및 자 원화연구 04」, 2005.

문안식, 「장보고의 청해진 설치와 해상왕국 건설」, 『동국사학』 제39 집, 동국대학교사학회, 2003.

박유미, 「〈진성여대왕거타지〉 설화에 나타난 사회구조와 그 의미」, 『한민족어문학』 제61호, 한민족어문학회, 2012.

박철완, 「거타지설화의 상징성 고찰」, 『청람어문학』 1, 청람어문교육 학회, 1988.

서대석, 「처용가의 무속적 고찰」, 『한국 무가의 연구』, 문학사상사, 1980.

서윤희, 「청해진대사 장보고에 관한 연구-신라 왕실과의 관계를 중심 으로-」, 서강대학교 석사학위논문, 1996

송기태, 「마을굿에서 풍물굿의 제의수행과 구조 : 전남 완도지역을 중심으로」, 『남도민속연구』 제17집, 남도민속학회, 2008.

신연우, 「삼국유사 거타지 설화의 신화적 속성」, 『서울산업대학교논 문집』 48, 서울산업대학교, 2008.

양주동, 『고가연구』, 박문서관, 1957.

이기동, 「장보고와 그의 해상왕국」, 『장보고의 신연구』, 완도문화원,

1985

이연숙, 「연오랑 세오녀 설화에 대한 일고찰」, 『국어국문학』 23, 1986.

이윤선, 「서남해연안 최치원설화의 수용관념과 문화코드」, 『남도민속 연구』 제18집, 남도민속학회, 2009.

이종욱, 「신라 상대 왕위 계승 연구」, 영남대학교출판부, 1980.

이준곤, 「비금도설화의 의미와 해석」, 『도서문화』 제19집, 목포대학교 도서문화연구원, 2002.

이지영, 「한국 건국신화의 실상과 이해」, 월인, 2000.

이채경, 「문무왕 신격화의 변전 양상과 현대적 의의」, 『한국문학논 총』, 한국문학회, 2014.

이해구, 「(신역) 악학궤범」, 국립국악원, 2000.

임병주, 「한권으로 읽는 삼국왕조실록」, 들녘, 1998.

장장식, 「만파식적설화의 연구」, 『국제어문』 6·7합, 국제어문학회, 1986.

장창은, 「신라 박씨왕실의 분기와 석씨족의 집권과정」, 『신라사학보』 창간호, 신라사학회, 2004.

전기웅, 「나말여초의 정치사회와 문인지식층」, 혜안, 1996.

_____, 「『삼국유사』 소재 '진성여대왕거타지'조 설화의 검토」, 『한국 민족문화』 38호, 부산대학교 한국민족문화연구소, 2010.

정수일, 「신라 서역교류사」, 단국대학교출판부, 1992.

정운용, 「청해진 장보고 세력의 정치적 한계」, 『한국사학보』 제59호, 고려사학회, 2015.

정운채, 「고려 처용가의 처용랑망해사조 재해석과 벽사진경의 원리」, 『고전문학연구』 13, 한국고전문학회, 1998.

정창조, 「연오랑 세오녀 설화 고찰」, 『동대해문화연구』 3, 1997.

정천구, 「삼국유사, 바다를 만나다」, 산지니, 2013.

천관우, 「고조선사・삼한사연구」, 일조각, 1989.

천진기, 「신라 나무인형사자 고찰」, 『이사부와 동해』 창간호, 한국이 사부학회, 2010.

채미하, 「청해진의 사전편제와 해양신앙」, 『진단학보』 제99호, 진단학 회, 2005.

_____, 「신라의 于山國 정벌과 통치」, 『이사부와 동해』 8호, 한국이사 부학회, 2014.

황수영, 「문무대왕 해중릉」, 『불국사삼층석탑 사리구와 문무대왕 해 중릉』, 한국정신문화연구원, 1997.

황패강, 「처용설화의 종합적 고찰」, 『대동문화연구』 별집 1, 성균관대 학교 대동문화연구원, 1972.

_____, 「신라불교설화연구」, 일지사, 1975.

네이버캐스트(http://navercast.naver.com/)

한국사 데이터베이스(http://db.history.go.kr/)